गुनहगार एवं अन्य कहानियां

हेमराज सिंह

इस पुस्तक को मैं समर्पित करता हूँ:

अपनी प्रिय पत्नी को, जिन्होंने न केवल पूरी किताब को टाइप किया, बल्कि मुझे हर कदम पर प्रोत्साहित किया और मेरे सपनों को पूरा करने में मेरी सबसे बड़ी प्रेरणा बनीं। आपकी मेहनत, समर्पण और साथ ने इस पुस्तक को साकार किया है।

भगवान और माता सरस्वती को, जिनकी कृपा और आशीर्वाद ने मुझे इस रचना की शक्ति दी।

अपने सभी परिवारजनों को, जिन्होंने अपने प्रेम और समर्थन से मुझे हमेशा आगे बढ़ने की हिम्मत दी।

और उन सभी को, जिनसे मैंने जीवन के सफर में कुछ न कुछ सीखा। उनके अनुभवों ने मुझे नए दृष्टिकोण दिए और इस किताब को बेहतर बनाने में मेरी मदद की।

क्रम-सूची

प्रस्तावना — vii

भूमिका — ix

1. बदलाव — 1

2. शिष्य — 17

3. एक सर्द रात — 27

4. कर्तव्य — 32

5. सामान्य ही असामान्य है। — 43

6. पनौती — 54

7. गुनहगार — 73

8. राजनीति — 87

9. विडंबना — 96

10. तुलसी — 105

प्रस्तावना

समाज की सबसे बड़ी सच्चाई यह है कि वह हर दिन बदलता है, लेकिन कई बार यह बदलाव सतही होता है, और असली समस्याएँ कहीं न कहीं छिपी रह जाती हैं। "गुनहगार" उन सच्चाइयों को सामने लाने का एक प्रयास है, जो हमारी रोज़मर्रा की ज़िंदगी का हिस्सा हैं, लेकिन जिन पर अक्सर हम चुप्पी साध लेते हैं। इस पुस्तक की कहानियाँ सिर्फ कहानियाँ नहीं हैं, बल्कि उन मुद्दों की आवाज़ हैं, जो हमारे समाज के हर कोने में गूँज रहे हैं।

"गुनहगार" में बेरोज़गारी की मार से जूझते युवा हों, प्रतिस्पर्धा की दौड़ में आगे बढ़ने की कोशिश करते छात्र हों, या फिर शिक्षक और छात्रों के बीच के रिश्तों में पनपते सवाल—हर कहानी आपको एक सच्चाई से रुबरु कराती है। इसमें स्लम क्षेत्रों में भाई-भाईके रिश्तों की परिभाषा है, जहाँ देखभाल और प्यार ने कठिनाइयों को भी मात दी है।

"बदलाव" कहानी में यह दिखाया गया है कि किस तरह एक अकेला व्यक्ति, एक छोटा-सा प्रयास भी बड़ा बदलाव ला सकता है। यह संदेश देती है कि सिर्फ ऊँचे पद और प्रतिष्ठा ही सम्मान के योग्य नहीं हैं, बल्कि अच्छे काम और सही नैतिकता भी उतनी ही महत्वपूर्ण हैं। "कर्तव्य" में जातिगत राजनीति और दफ्तरों में होने वाले भेदभाव की कठोर सच्चाई को उजागर किया गया है।

"गुनहगार" उन सामाजिक कुप्रथाओं जैसे दहेज प्रथा पर भी कटाक्ष करती है, जो अब भी हमारे समाज की जड़ें जकड़े हुए हैं। "विडंबना" कहानी में यह दर्शाया गया है कि कैसे बच्चों की एक-दूसरे से तुलना करना उनकी भावनाओं को ठेस पहुँचाता है, जैसा हेमंत के पिता ने किया।

यह किताब सिर्फ मुद्दों को दिखाती नहीं, बल्कि उनसे लड़ने का हौसला भी देती है। हर कहानी आपको सोचने पर मजबूर करेगी, और आपके दिल में एक सवाल छोड़ेगी—क्या हम वाकई सही दिशा में जा रहे हैं?

"गुनहगार" उन लोगों के लिए है, जो समाज में बदलाव लाना चाहते हैं, जो अपने आस-पास की दुनिया को बेहतर बनाने के लिए खड़े होते हैं, और जो जानते हैं कि एक अकेला व्यक्ति भी दुनिया को बदल सकता है। यह पुस्तक उन सच्चाइयों की आवाज़ है, जिनकी अनसुनी नहीं की जा सकती।

भूमिका

जब मैंने "गुनहगार" लिखने की शुरुआत की, तो मेरा उद्देश्य केवल कहानियाँ लिखना नहीं था, बल्कि उन मुद्दों को सामने लाना था जिन पर अक्सर हमारी नज़र नहीं जाती। समाज में कुछ ऐसी समस्याएँ हैं जो हर किसी की ज़िन्दगी को प्रभावित करती हैं, लेकिन उनके बारे में बात करने से हम अक्सर कतराते हैं। चाहे वह बेरोज़गारी और शिक्षा प्रणाली की कमियाँ हों, या फिर जातिगत भेदभाव और दहेज प्रथा जैसी सामाजिक बुराइयाँ—इन सभी विषयों पर खुलकर बातचीत होना बेहद ज़रूरी है।

"गुनहगार" नाम इसलिए चुना क्योंकि हर कहानी के पात्र समाज के नियमों और धारणाओं के विरुद्ध खड़े होते हैं। वे ऐसे "गुनहगार" हैं जो कुछ गलत नहीं, बल्कि सही करने की कोशिश में हैं। उनके संघर्ष, उनकी पीड़ाएँ, और उनका साहस इस किताब का मूल है।

इस पुस्तक में विभिन्न कहानियाँ हैं, जिनमें से हर एक समाज के एक अलग पहलू को उजागर करती है। बदलाव, कर्तव्य, विडंबना जैसी कहानियाँ दिखाती हैं कि कैसे एक व्यक्ति की सोच और उसके कर्म समाज में बड़ा परिवर्तन ला सकते हैं। मेरा विश्वास है कि एक अकेला व्यक्ति भी बदलाव की शुरुआत कर सकता है, अगर उसमें इच्छाशक्ति हो।

यह किताब न सिर्फ उन लोगों के लिए है जो अपने संघर्षों में अकेले महसूस करते हैं, बल्कि उनके लिए भी है जो समाज को एक नई दिशा देना चाहते हैं। "गुनहगार" के हर पात्र में एक साधारण इंसान है, जो असाधारण बनने की हिम्मत करता है। मुझे आशा है कि यह किताब पाठकों को सोचने, समझने और समाज की समस्याओं के प्रति संवेदनशील बनने की प्रेरणा देगी।

किताब लिखते समय मेरी कोशिश यही थी कि पाठकों के मन में सवाल उठें, वे सोचें और शायद उन सवालों के जवाब खोजने के लिए आगे कदम भी उठाएँ।

1

बदलाव

"हजारों की भीड़ में बारी-बारी से महिलाएं आती | शिविका उन्हें नमस्ते करती, कोई रोती, कोई उसे गले से लगा लेती, तो कोई उसे आशीर्वाद देता, तो कोई उसके हाथों को आंखों से स्पर्श करके चूमता। सब उसके दर्शन मात्र से तृप्त हो गए थे जैसे भक्त प्रभु की मूर्ति के दर्शन मात्र से खिल उठते हैं। रमेश व सुधांशु दोनों को ही शिविका कोई देवी जैसी प्रतीत हो रही थी। जिसके दर्शन मात्र से भीड़ को जैसे मोक्ष मिल गया हो भीड़ शिविका के साथ मुख्य गेट तक आती है और गत चार महिलाएं शिविका को जैसे ही अंदर ले जाने के लिए बढ़ती है तभी गर्भगुंजन व आकाशीय बिजली समकक्ष नारों से पूरा आकाश गूंजायमान हो जाता है।"

रमेश अपना मन बना चुका था। वह राजस्थान की प्रशासनिक सेवा में बीते 5 सालों से कार्यरत था। इन 5 सालों में कई बार उसका ट्रांसफर हो चुका था। प्रशासनिक कार्यों के सामंजस्य के नाम पर अपने मनपसंद अधिकारियों को रखने की जो होड़ थी रमेश उस लिस्ट में कहीं भी अपना नाम अर्जित नहीं कर पाया। वह संस्कार से ही आदर्श चरित्र ईमानदारी व जन सेवा में तत्पर होते हुए प्राप्त आशीर्वाद का ही भूखा था। जिसके

तहत उसे कई बार अधिकारियों के समक्ष सुनने को मिलता था। विरले ही व्यक्ति थे उसके महकमें में जो उसकी सराहना करते थे।

सेवा योग में व्यक्ति को अपने आदर्शों के साथ धीरे-धीरे समझौता करना पड़ ही जाता है और खासकर जब व्यक्ति के कंधों पर पारिवारिक बोझ हो। बार-बार नए-नए शहरों में बीवी व बच्चों का सामंजस्य सामाजिक परिवेश अनुसार टेढ़ा-मेढ़ा हो जाता है।

अंततः रमेश ने मन बना लिया कि वह एक गलत काम होते हुए देखकर पीठ मोड़ लेगा किन्तु उसकी भरपाई वह अन्य दूसरे कार्य सही करके भी कर सकता है। इसी तरह उसने अपने अंदर स्थित आदर्श रमेश को बहला फुसलाकर चुप तो कर लिया परंतु उसका मन पहले जैसे काम में नहीं लग पाया। जो जहनी सांत्वना उसे काम करते हुए थकान से मिलती थी वह अब गायब हो चुकी थी। वह उच्च अधिकारियों के नक्शे कदमों पर चलने लगा। धीरे-धीरे समय बीतता गया और आदर्श रमेश अंदर घुटन से जैसे धीरे-धीरे रोज मरता चला गया। कुछ और समय बाद रमेश को यही आदर्श जीवन लगने लगा।

दृश्य :1 रमेश का कार्यालय (पुलिस स्टेशन)

"आईये सर, बैठिए। यहां सब खैरियत है , आपने क्यों कष्ट किया?" रमेश के उच्च अधिकारी ने ऑफिस में अकस्मात् तफदीश दी ।

विवेक-हां-हां । बैठो तुम। मैं तो यहां से गुजर रहा था , पास वाले गांव में सीएम साहब का दौरा है तो निरीक्षण करने जा रहा था। मुस्कुराते हुए रमेश ने आई हुई कॉफी अपने अधिकारी विवेक जी को पेश की और बोला - लीजिए सर बताइए सर क्या लेंगे नाश्ते में?

विवेक-नहीं-नहीं कुछ नहीं , बस निकलना है |तुम माधव साहब (आईजी साहब) की बेटी की मैरिज पार्टी में आ रहे हो ना आज?

जी हां, बिल्कुल । नहीं गया तो आई जी सर खफा हो जाएंगे और पानी में रहकर मगर से वैर - कप नीचे रखते हुए रमेश ने कहा। रमेश व विवेक साथ में हंसते हैं।

ओके रमेश जी निकलता हूं। लेट्स मीट इन द इवनिंग- विवेक जी ने कप नीचे रखते हुए बोला।

ओके ओके- हाथ मिलाते हुए रमेश विवेक जी को ऑफिस से बाहर छोड़ने

आता है।

❦

दृश्य:2 सुधांशु का घर (शहर के किसी दो मंजिला इमारत में)

शाम के 6:00 बज चुके थे। नवंबर की सर्दियों में जयपुर की गलियों में हल्की चहल कदमी हो रही थी। ऑफिस वाले घर पहुंच रहे थे रवि की लालिमा अभी भी नभ में सूर्यास्त होते हुए उकेरी हुई थी। सुधांशु बालकनी में बैठकर अपनी प्रियसी व पत्नी शिविका का इंतजार चाय की चुस्की लेते हुए कर रहा था । वह शिविका द्वारा लगाए गए बालकनी में तुलसी के पौधे, कैक्टस, रात की रानी को निहार रहा था। शिविका इन्हें अपने बच्चों जैसे ही प्यार करती थी पर इनकी ज्यादा परवाह करने से सुधांशु को बड़ी चिड होती थी। सही है जी इन्हें टाइम से पानी पिलाया जा रहा है, समय पर खाद जरूरी है । हमारी चाय की बात आती है तब आप थकने का बहाना कर देती हैं इससे तो यही जाहिर होता है आप बस इन्हीं से प्यार करती हैं। शिविका बस हंस के कह देती है मैंने कब मना किया है आखिर मैं , मैं भी तो इंसान हूं थकूंगी तो कहूंगी ही। अच्छा तो यह थकान खाद बीज या बागवानी में कहां चली जाती है सुधांशु चुटकी लेता और शिविका चाय बनाने अंदर जाती , सुधांशु मना करते हुए खुद चाय बनाने लग जाता है।

सुधांशु यह सब सोच ही रहा था कि घड़ी के अलार्म ने जो हर घंटे पर बजता था सुधांशु का ध्यान उसकी यादों से हटाया। घड़ी के कांटे की बढ़ती गति ने सुधांशु के मन में भी अनावश्यक विचारों की गति को प्रविष्ट करा दिया। इतनी लेट तो नहीं होती पता नहीं कहां रह गई। कई बार कहा है शहर इतना भी आधुनिक नहीं है की एक स्त्री की स्वतंत्रता को अंधेरे में बर्दाश्त कर पाए। फोन मिलाते हुए खुद से बात करते हुए सुधांशु बालकनी में खड़े होकर एकटक नजर टिकाए खड़ा था।

"कहां रह गई शिविका इट्स सो लेट, 8:00 बजने को आए हैं।"- रमेश ने फोन उठाते हुए शिविका से कहा। शिविका- हां-हां बस निकल गई, थोड़ी देर में पहुंच जाऊंगी अभी रखो फोन स्कूटी रोक कर बात कर रही हूं। ओके-ओके। सुधांशु और कुछ कह पाता उससे पहले ही शिविका ने फोन कट कर दिया।

जैसे ही शिविका की स्कूटी दिखाई दी सुधांशु चपल वेग से सीढ़ियां उतरते हुए मुख्य गेट तक जाकर उसे खोला और स्कूटी खड़ी करते ही सुधांशु हेलमेट पकडते हुए कौतूहल वश कतारबद्ध सवाल पूछना शुरू कर देता है। ठीक हो ना तुम? बताया क्यों नहीं? कई बार कहा है ना, लेट होने पर कॉल कर दिया करो।

"अरे रुको बाबा, पहले सांस ले लो। मैं ठीक हूं। क्यों भविष्य की सोच-सोच कर दिमाग खराब करते हो। डोंट वरी सब ठीक है, अंदर चलो। मेरा सर दुख रहा है। एक चाय तुम्हारे हाथ की मिल जाए तो मन प्रफुल्लित हो जाए "-हंसते हुए सुधांशु की तरफ देखकर शिविका ने मनुहार की।

ओके ओके तुम जो हाथ मुंह धो लो मैं एक मस्त सी चाय बनाता हूं। रमेश शिविका के साथ अन्दर आते हुए बोला।

शिविका थोड़ी दूरी पर स्थित राजकीय विद्यालय में शिक्षिका के पद पर कार्यरत है। स्कूल की छुट्टी के बाद वह दो-तीन घंटे पास की कच्ची बस्ती के छात्रों को पढ़ाने चली जाती थी। उनके घर वाले भी चाहते हैं, कि बच्चे पढ़ें पर आर्थिक तंगी के कारण बच्चों को विवश होकर मजदूरी करनी पड़ती थी। मजदूरी करने के बाद बच्चों का समय सांयकाल में ही प्राप्त होता था जब वह शिविका से पढ़ते थे। शिविका के मिलनसार व्यवहार के कारण बच्चे भी बड़े चाव से पढ़ने आते थे। इसी कारण कई बार शिविका को घर आने में देर हो जाती थी, जो सुधांशु को पसंद नहीं था।

मैंने कई बार कहा है तुम ही तो अच्छी हो, समाज पाश्विक हो चला है। इतनी देर कच्ची बस्ती से आना चिंतित कर देता है मुझे। सुधांशु ने चाय बनाते हुए शिविका से अपनी चिंता व्यक्त की।

सुधांशु हम कई बार इस पर बात कर चुके हैं, दिन में सभी बच्चे मजदूरी पर होते हैं तब क्या मैं वहां पत्थरों को पढाउ- शिविका ने सुधांशु से पूछा।

पढ़ाना है तो मेरी तरह ऑनलाइन पढ़ा लिया करो उससे भी तो कई बच्चों को ज्ञान मिलेगा ही। सुधांशु ने सुझाव दिया।

सुधांशु वह दो वक्त की रोटी के मोहताज है इतना महंगा फोन और फिर इंटरनेट रिचार्ज। तुम ना तुम्हारे कॉलेज से बाहर निकलो तब तुम्हें पता चलेगा तुम्हारे आसपास धनाढ्य लॉबी और मध्यम व निम्न वर्ग के बच्चे ही पढ़ते हैं। कॉलेज में आते-आते उनका ध्यान संतुलित हो जाता है यहां ऐसा नहीं है। अगर इन्हें शिक्षा नहीं मिली तो बस अपराधों के अलावा उनके पास और कोई तरीका नहीं होगा जीवन यापन का।

सुधांशु कॉलेज में प्रोफेसर के पद पर था वह पत्नी शिविका के कार्यों से गर्वित व खुश था कि समाज का दारोमदार जब शिक्षक ही नहीं संभालेगा तो और किससे अपेक्षा कर सकते हैं। पर था तो वह एक सामान्य पुरुष ही ना।

अब मैं ज्यादा बहस करूंगा तो तुम महिला सशक्तिकरण के बहाने मुझ पर तंज कसोगी इसलिए चलो अब चाय पीते हैं। चाय के प्याले ट्रे में रखकर के पास आकर सुधांशु ने शिविका को चाय दी।

दृश्य:3 रमेश का घर (कार्यालय के पास ही कहीं)

मैंने कई बार कहा है आपसे, मुझे पसंद नहीं है आपकी पॉलिटिकल पार्टियों में जाना- विमला बालों को संभालते हुए झुंझलाते हुए बोली।

भाग्यवान उपस्थिति दिखाना जरूरी है, मजबूरी है। नहीं गया तो आई जी साहब नाराज हो जाएंगे-रमेश जी ने बोला।

हां, हम नाराज हो जाए तो आपकी एक शिकन नहीं आई। आई जी साहब से ही शादी क्यों नहीं कर ली आपने- विमला ने भी तंज कसा।

अरे धीरे-धीरे बोलो चिंटू ने सुन लिया ना तो दस बार मुझसे इसी सवाल के संबंध में पूछेगा कि पापा ऐसा भी हो सकता है-रमेश ने मुस्कुराते हुए कहा।

दृश्य:4 शादी समारोह स्थल

आईजी खुशवंत जी अपनी पत्नी के साथ मैरिज पार्टी स्थल के मुख्य गेट पर खड़े हुए मेहमानों की अगुवाई , हंसते हुए व माला पहनाकर कर रहे थे। रमेश जी को सपरिवार देखते हुए बोले-अरे क्या बात है रमेश जी। रमेश और विमला अपने दोनो हाथ जोडकर नमस्ते की मुद्रा में चेहरे पर मुस्कान लिए आई जी साहब का अभिवादन करते है।

खुशवंत जी ने आनंदित होकर अभिवादन स्वीकार करते हुए हाथों को उनके नमस्ते मुद्रा में स्थित हाथों को दबाते हुए बोले- यहां मैं एक पिता हूं तो फॉर्मेलिटी मत करो। हैव फन।

नमस्ते बेटा जी मुस्कुराते हुए विमला की तरफ देखते हुए आईजी साहब अपनी पत्नी से बोले- रमेश जी की धर्मपत्नी है । यह बेटा अभिनंदन उर्फ चिंटू है।

बेटा नमस्ते करो अंकल जी से-रमेश ने चिंटू से बोला। नमस्ते अंकल जी नमस्ते आंटी जी चिंटू ने वैसा ही किया।

चलिए पधारिए आप नाश्ता करिए- आईजी साहब ने रमेश से बोला।

जी सर बिल्कुल आप निश्चिंत रहिए- रमेश ने जवाब दिया।

यह बहुत ही बड़ा और आलीशान मैरिज होम है । जहां पर हर स्टॉल पर सुव्यवस्थित खाद्य सामग्री को सजाया हुआ था । हर स्टॉल पर सुव्यवस्थित पश्चिमी वेशभूषा में वेटर और वेट्रेस लगे हुए थे जो आते-जाते हर मेहमान से पेय पदार्थ व खाद्य वस्तुओं को लेने हेतु - जी सर , ट्राई ईट सर ! कहते हुए आगे पीछे घूम रहे थे।

शादी तो बड़ी आलीशान है ।क्या करते हैं लड़के के घर वाले? -विमला ने पूछा। बेटा आई ए एस है और घर वाले बिजनेस करते हैं गहनों का- रमेश ने जवाब दिया।

तभी कहूं - चारों तरफ चकाचौंध को घूरते हुए विमला ने चिंटू को एक कोरा पाव भाजी का खिलाया।

चिंटू जो अभी 10 साल का हुआ है उसे बस खाद्य वस्तुओं में दिलचस्पी है। इतनी बड़ी भीड़ में उसका छोटा सा मन हर स्टॉल पर अनुकूलित वस्तुओं को ढूंढ रहा था। उसे कहां मम्मी पापा के आदेश सुनाई देंगे।

रमेश जी सफलता से अपने ऑफिस के लोगों की टोली में पहुंचते हैं। हां जी पार्टी का जुगाड़ कहां है ? कौशिक जी ने पूछा।

रमेश जी कहां पीते हैं और ऊपर से आज तो भाभी जी भी हैं , पास में ही खड़े एसपी चंदसिंह जी ने कहा।

हमारे लिए तो यही पार्टी है-कोल्ड ड्रिंक पीते हुए रमेश ने कहा।

सुना है आईजी साहब से भी बड़ी पार्टी है-एक जने बोले।

है तो सही पर सुना है बेटा आई ए एस है ऊपर से गहनों का बिजनेस-अन्य व्यक्ति ने जवाब दिया।

अपने आईजी साहब भी बड़ी हस्ती रहे हैं और सब रिश्ता तो ऊपर वाले की देन है।

इसी हंसी ठिठोली के बीच एक जगह कोलाहल और भीड़ नजर आती है। सभी लोग हाथों में गिलासों को लिये हुए ही भीड़ की तरफ बढे । भीड़ को चीरते हुए रमेश अंदर जाता है और देखता है। दो हमउम्र के नौजवानों को चार-पांच लोगों ने पकड़ा हुआ है । दोनों एक दूसरे को उंगली दिखाते हुए गुस्से से देख रहे हैं। और लोगो की पकड तोड़ने की भरपूर कोशिश कर रहे हैं। इसकी हिम्मत कैसे हुई मेरी बहन से इस तरह बदसलूकी करने की, तेरे इतने टुकड़े करूंगा यहां खड़े लोग गिन तक नहीं पाएंगे - दोनो नौजवानों में से एक ने कहा।

अरे जा-जा! बहुत देखे हैं तेरे जैसे बाहर मिलना बताऊंगा-दूसरे नौजवान ने भी अकडकर धमकी भरे स्वर में कहा। दोनों ही एक दूसरे की जान लेने को उतारू थे। तभी भीड़ को चीरते हुए आईजी साहब आए और उनमें से पहले नवयुवक की कॉलर पड़कर तेज थप्पड़ मारते हुए बोले - चुप बिलकुल! तेरी बहन की शादी है ,बोला था ना कुछ भी तमाशा मत करना।

थप्पड़ रसीद की आवाज से पूरे मैरिज होम में अजीब सी शांति फैल गई। नवयुवक नीचे नजरों से लोन की घास को देखने लगा और आसपास खड़े लोग स्तब्ध होकर माजरा समझने की कोशिश कर रहे थे।

खुशवंत जी - बेटा जी, माफ करना प्लीज । शादी है, गलती हुई हो तो माफ करना।

अरे सर आप माफी मत मांगिए - दूसरा नौजवान ।

खुशवंतजी - चलिए प्लीज, वेटर खाना लगवाइए।

अव्यवस्था के लिए माफ कीजिए । गर्म खून है, सब बच्चे हैं, लड़ते ही हैं । जाने दीजिए लड़के पक्ष की तरफ से एक बुजुर्ग ने हालात को ध्यान में रखते हुए भीड़ को हटाया। और माहौल को शांत कराया।

रमेश स्तब्ध एक टक खड़ा होकर अपने आदर्श आईजी सर को देखकर सोच रहा था कि महकमें के तेज तर्रार ऑफिसर जिससे पूरे एरिया के खलनायक खौफ खाते हैं वह लाचार सा होकर खड़ा था। रमेश एक पिता को ही देख रहा था जो किसी भी कीमत पर अपनी बच्ची की शादी शांतिपूर्वक संपन्न करवाना चाहता है। रमेश एक ओर यह देखकर भाव-विभोर हो रहा था कि वही दूसरी ओर अपने बच्चों के भविष्य को लेकर आशंकित हो रहा था। शादी तो संपन्न हो गई परंतु एक गहरी आशंका ने रमेश को उस रात चैन से सोने तक नहीं दिया वह सोचता रहा कि , क्या मतलब इतनी धन माया अर्जित करने का जब आपको पारिवारिक अशांति मिले और सोचने लगा कि संस्कार और ईश्वर का आशीर्वाद ही पर्याप्त है।

....

दृश्य :5 शिविका का राजकीय विद्यालय

दोपहर के 1:00 बजे थे शिविका ने स्कूल के मध्यांतर की घंटी लगने पर बच्चों को विदा ही किया था । जैसे ही टिफिन उठाने के लिए हैंडबैग उठाया मोबाइल फोन की घंटी एक भजन के शोभा गीत के साथ बज उठी कोई अज्ञात नंबर था। शिविका ने स्क्रीन पर नजर दौड़ाई , समझ नहीं आया तो फोन उठाया।

शिविका:-हेलो

फोन वाला व्यक्तिः-हां जी हेलो।

शिविका:-जी कौन बोल रहे हैं?

फोन वाला व्यक्तिः-जी शिविका मैडम आप ही होना। मैं सिटी हॉस्पिटल से वार्ड प्रभारी बोल रहा हूं।

शिविका:-जी हां बोलिए।

फोन वाला व्यक्तिः-सुधांशु जी आपके पति जनरल वार्ड में भर्ती हैं आप जल्दी...

शिविका:-क्या ?क्यों ?क्या हुआ?...

फोन वाला व्यक्तिः-घबराइए नहीं जरा सा एक्सीडेंट था आप जल्दी आ जाइए।

शिविकाः-ओके ओके।

शिविका ने फोन पर्स में रखा और आसपास चारों तरफ बौखलाहट में बेबस सी होकर नजर दौड़ाई। तुरंत सीट से खड़ी हुई और अपनी तरफ आती एक मैडम से बोली- गीता मैम, मेरे हस्बैंड का एक्सीडेंट हुआ है प्रिंसिपल सर को बोल देना मुझे जाना पड़ेगा आप बस हाफ सीएल................

बीच में टोकते हुए गीता मैडम बोली-अरे कैसे? मैं सीएल डाल दूंगी आप जाइए।

स्कूटी सरपट दौड़ रही थी और शिविका की बस नजर ही रोड पर थी दिमाग तो सुधांशु के बारे में सोचते हुए कांप रहा था। अनियमित आशंकाएं आती पर वह सुद्रढ होकर छिटक देती।

सब ठीक होगा भगवान , ध्यान रखना सब ठीक होगा। इसी कशमकश में उसने अस्पताल के बोर्ड को देखा और तुरंत पार्किंग में स्कूटी लगा कर तेजी से इंक्वारी पर गई।

कौन से रूम में है सुधांशु जी?- पूछताछ पर शिविका ने पूछा।

कौन मैडम ? -इंक्वारी पर बैठी महिला ने पुछा

अरे अभी फोन आया था-शिविका ने पूछा ।

वो रूम नंबर 16 , प्रथम फ्लोर पर लेफ्ट मोड़ ले लेना दिख जाएगा इंक्वारी पर बैठी महिला ने जवाब दिया।

शिविका तुरंत सीढियों पर दौडकर रूम नंबर 16 में पहुंची वहां सुधांशु को चोटिल देख घबराई और नाराजगी भरी आवाज में बोली-

प्रोफेसर साहब क्या जल्दी थी कॉलेज जाने की?

अरे लेट हो रहा था- सुधांशु ने बोला।

डॉक्टर ने शिविका को देखा और पूछा- शिविका जी

जी माय वाइफ-सुधांशु ने बीच में टोकते हुए कहा।

क्या हुआ डॉक्टर साहब - शिविका ने डॉक्टर से पूछा।

इट्स ओके मामूली चोट है - डॉक्टर ने सहानुभूतिपर्ण तरीके से कहा।

शिविका सुधांशु के हाथों को पकड़ते हुए चेहरे पर लगे चोट के निशानों

को देखने लगी कनपटी नीली पड़ी हुई थी। भौंह के ऊपर टांके लगे हुए थे। होंठ सूजा हुआ था।

डॉक्टर ने कहा -इट्स ओके ज्यादा नहीं लगी नेक्स्ट टाइम से ड्राइव आराम से करना एक्स-रे इज नॉर्मल। बुखार आ सकता है, तो मैंने दवाई लिख दी है टांकों पर नहाते समय पानी नहीं जाए तो ढककर के नहा सकते हैं चलिए टेक केयर।

शिविका डॉक्टर को गेट तक छोड़ती है।

मैं तो डर ही गई थी शिविका ने पास में रखी कुर्सी पर बैठकर सुधांशु के सर को सहलाते हुए कहा।

तभी गेट खोलकर फल और दवाई के साथ सुधांशु के कॉलेज सहकर्मी प्रोफेसर विश्वनाथ जी अंदर घुसते हैं।

नमस्ते शिविका जी आपको किसने बताया ? दवाई रखते हुए बेड के एक साइड में पड़ी बेड जैसे सोफे पर बैठते हुए विश्वनाथ जी ने पूछा।

अस्पताल से फोन आया था आप तो करते ही नहीं-शिविका ने कहा।

अरे छोड़िए इट्स अलराइट-सुधांशु ने टोका।

क्या ठीक है सब और बड़ा एक्सीडेंट हो जाता तो -शिविका ने कहा।

क्या एक्सीडेंट!- चौंक कर विश्वनाथ ने पूछा।

शिविका ने विश्वनाथ से सुधांशु की तरफ देखते हुए चेतावनी भरे स्वर में कहा -सच-सच बताओ क्या हुआ है ? कॉलेज से बाहर चाय की टपरी पर तीन-चार गुंडे एकदम से आए और बंदूक नोक पर गली के अंदर हम दोनों को ले गए । मैं तो दूर खड़ा था । सुधांशु से कुछ बात की और खींचतान का नतीजा तो तुम देख ही रही हो।

सुधांशु ने अपने दोस्त की तरफ देखा जो सारा सच शिविका के सामने उगल रहा था । विश्वनाथ बोले जा रहा था हमे नहीं पता कौन थे ? पर कह रहे थे कि मैडम से कह देना, शिक्षिका है वही रहे समाजसेवी बनने की कोशिश नहीं करें वरना अगली बार.... ।

बीच में रोक कर सुधांशु ने कहा- मैंने कहा था तुमसे , हम ही तो अच्छे हैं समाज तो पाशविक है ना , हम मध्यम वर्गीय हैं हमसे यही स्वीकार है समाज में रहकर चुपचाप तमाशा देखते रहो । पावर और अधिकार तो कुलीन वर्ग अफसर और नेता लोगों के पास है समाज में सभ्य कर्मठ

इमानदारी का कोई मोल नहीं है। तुम्हें क्या लगता है मैनें कोशिश नहीं की इस परिपाटी या सामाजिक व्यवस्था को सही करने की।

शिविका सुधांशु को बोलते हुए चुपचाप सुन रही थी। सुधांशु की आंखें नम थी पर गुस्से से लालिमा चेहरे पर आती जा रही थी।

शिविका ने गुस्से मे लाल हुए सुधांशु को चुप कराया - ठीक है ओके , गुस्सा मत करो। तुम्हारी तबीयत और बिगड़ जाएगी।

कौन थे वह ? बताओ पहले क्या हुआ था? - सुधांशु अब बात करते हुए बैठ चुका था।

बहुत बार जिद करने पर शिविका ने कहा -परसों जब मैं लेट हुई थी एक्चुअली वो

शिविका गला भर आने के कारण अटक कर बोली - कच्ची बस्ती जहां में पढ़ाती हूं वहां एक 17 साल की बच्ची है सोनाली । उससे दुष्कर्म हुआ है । उसकी हालत मुझसे नहीं देखी गई ।मैं उसे लेकर थाने पहुंची तो एफआईआर लिखने से मना कर दिया क्योंकि मुख्य अभियुक्त उनके यहां के विधायक का पुत्र था। चुंकि वह पिता के साथ कच्ची बस्ती में प्रचार करने आता था तो सोनाली ने उसे पहचान लिया। उसके साथ उसके दो दोस्त और थे , जिसे वह नहीं पहचानती । वह शाम को 6:00 बजे के आसपास मॉल के पास वाली रेड लाइट पर फूल बेच रही थी इन्होंने.....

कहते कहते शिविका रोने लगी। सुधांशु ने शिविका को चुप करते हुए गले से लगा लिया उसका सुबकना बच्चों को भी पराजित कर रहा था।

सही कहते हो तुम , समाज में अधिकार नेता ,कुलीन वर्ग या अफसर के लिए ही है आसपास का कोई भी थाना एफआईआर लिखने के लिए तैयार नहीं है। घर वालों को धमकियां और देते हैं।

चुप हो जाओ शिविका ऊपर वाला सब देख रहा है। ये सब उसकी नजर में है वह है असली पुलिस। तो चिंता मत करो। विश्वनाथ अभी भी सदमे में शून्य सा बैठा था। सुधांशु शिविका को चुप करते हुए बाहर जाते हुए विश्वनाथ को नजरों से अलविदा कह रहा था।

....

दृश्य :6 रमेश का घर

सुबह के 5:00 बजे थे। रमेश गहरी नींद में था सपनों के आलिंगन में । फोन से उत्पन्न ध्वनि से तपाक से उठ बैठा जैसे प्रशासनिक सेवा में पहले से ही अकस्मात रात को आए फोन को कैसे अटेंड करना है यह सिखाया गया हो।

हेलो कौन? विमला की नींद ना टूटे इसलिए आंखों को मसलते हुए ऑफिस रूम की तरफ जाने को खड़ा हुआ।

सर हेड क्वार्टर से डीआईजी सर का फोन है।

बात कराओ मेरी , क्या काम होगा मन ही मन बुदबुदाते हुए कहा ।

डीआईजी:-हेलो रमेश

रमेश- जय हिंद सर

डीआईजी:-जय हिंद सुनो अभी खबर आई है कच्ची बस्ती से हजार 2000 की भीड़ में महिलाओं का जुट तुम्हारी ऑफिस की ओर बढ़ रहा है जल्दी पहुंचे मैं 100 एक पुलिसकर्मी पूरे बंदोबस्त के साथ भेजता हूं।

रमेश:- जी सर , में आई आस्क यू समथिंग सर?

हां बोलिए जल्दी से - तेज आवाज में डीआईजी साहब बोले।

रमेश:- सर हेड क्वार्टर पर एक पुलिसकर्मी तो है तो।

रमेश की बात बीच में काटते ही डीआईजी साहब बोले -अरे लिसन टू मी, मैं भेज रहा हूं जरूरत पड़ेगी।

डीआईजी सर के कहते ही बिना तैयार हुए ही रमेश शीघ्रता से ऑफिस जाता है। ऑफिस के बाहर हजारों की भीड़ में कच्ची बस्ती की महिलाएं वृद्धि बच्चियों नारे लगाते हुए रमेश की तरफ देखते हैं।

पुलिस प्रशासन हाय हाय पुलिस प्रशासन मुर्दाबाद।

नहीं चलेगी नहीं चलेगी गुंडागर्दी नहीं चलेगी।

ऑफिस के मैंन गेट पर स्थित दो पुलिसकर्मी तुरंत प्रभाव से रमेश जी को अंदर लेते हैं और अंगरक्षक बनते हुए उन्हें ऑफिस तक ले जाते हैं।

रमेश कुर्सी पर बैठता है । खिड़की से गुसाई भीड़ को देखता है, यह इसके लिए कोई बड़ी बात नहीं थी| इतनी भीड़ उसकी नौकरी के लिए आम बात

थी ,आज कुछ असामान्य था तो बस भीड़ में सब महिलाएं ही थी। पुरुष पुलिसकर्मी तो भीड़ में जा ही नहीं सकता था।

चारों ओर नारे की आवाज गूंज रही थी और निरंतर बढ़ती जा रही थी। महिलाएं मेंन गेट के बाहर खड़ी होकर एक धुन में नारों का चीत्कार कर रही थी। आसपास जाती पब्लिक भी सब काम-धाम छोड़कर माजरा जानने को उत्सुक थी उनके नारों का एक स्वरित शोर चीख-चीख कर उनके दर्द व गुस्से को बयां कर रहा था। रमेश ने दो कांस्टेबलों में से एक को बुलाया -सुनो जो इनका प्रतिनिधित्व कर रहा है उसे बुलाओ। और उसके साथ तीन-चार महिलाओं को बात करने के लिए लेकर आओ।

रमेश खिड़की में से कांस्टेबल के साथ दो वृद्ध और दो नौजवान महिलाओं को आता देखकर कुर्सी पर बैठ गया।

आईए, जी बैठिए मैडम प्लीज- रमेश ने अभिवादन किया।

नमस्ते सरकार सभी महिलाओं ने हाथ जोड़कर सम्मानपूर्वक अभिवादन किया। बैठिये मां जी , बैठकर बात करिए ।

रमेश के मनुहार करने पर सीट पर वयो वृद्ध महिला को बैठाया।

नवयुवक औरतें , जिनका शरीर धूप में काम करने से काला पड़ चुका है वृद्ध महिलाएं जिनके शरीर पर झुर्रियां बयां कर रही थी उनके संघर्ष। जवानी से बुढ़ापे तक की गई मजदूरी से उनका शरीर पतझड़ के गिरे हुए पत्ते जैसा मालूम होता था।

जी बोलिए क्या तकलीफ है मैं आपके लिए क्या कर सकता हूं- रमेश ने सम्मान पूर्वक पूछा।

सरकार न्याय दो । बड़ा अत्याचार हुआ है । बीच में एक महिला घूंघट में से सुबक कर रोने लगी । रमेश ने महिला कांस्टेबल को इशारा किया उसने उन्हें संभाला।

क्या कहे सरकार ! हमारी बेटी के साथ गलत काम हुआ है। हमारी किसी भी थाने में एफआईआर तक नहीं लिखी गई यह कैसा न्याय है? गरीब का कोई हक नहीं । उसकी अस्मिता तो बची रहने दो बाबू । एक वृद्धा ने नम आंखों से कहा।

ऊपर से हमारी दूसरी बेटी के पति को मारा पीटा गया। समाज में जो भी दो हाथ हम गरीबों की मदद के लिए बढ़े यह नेता उन्हें भी काट देंगे

सरकार- रोते हुए कहने लगी।

चुप हो जाओ बावड़ियों ऊपर वाले के घर में सब बराबर होगा। - वृद्धा ने एक महिला को कहा

साहब हम यहां से हटने वाले नहीं हैं। बच्ची के साथ दुष्कर्म करने वालों को कड़ी से कड़ी सजा दो और हमारी बेटी से माफी मांगो । रमेश अभी भी सोच मे और असहज स्थिति में था।

माताजी आप चिंता नहीं करो आप अपनी बेटी को बुलाए। आपकी दूसरी बेटी के पति जिनको मारा पीटा गया है और उस बच्ची जिसके साथ गलत काम हुआ है उनका मेडिकल करा कर एफआईआर कर दी जाएगी और मैं खुद लिखवाऊंगा।

तभी एक महिला मोबाइल फोन पर कॉल करते हुए बाहर चली जाती है। एक वृद्ध महिला कागजों के चार पांच पन्नें रमेश के सामने करती है। रमेश शीघ्रता से पन्नों को पलटता है और कभी महिला की और संवेदना की दृष्टि से देखा है। बच्ची का बयान व पूरा घटनाक्रम व मेडिकल्स देखने के पश्चात रमेश पास में गिलास में रखा पानी पीता है और गिलास मेज पर रखते हुए कहता है-आप चिंता मत करिए। मैं खुद इस मामले की जांच पड़ताल करूंगा ।

मैं आपको आश्वासन देता हूँ मां जी , की 24 घंटे में अपराधी सलाखों के पीछे होंगे फिर चाहे वह एमएलए का बेटा भी क्यों ना हो-रमेश ने सच्चे मन की गहराइयों से वृद्ध महिला की आंखों में आंखें डालकर कहा।

रमेश ने हालात से समझौता भले ही किया था परंतु इतना भी मृत नहीं था कि अन्याय के साथ खड़ा रहे।

मां जी पर मेरी एक बात मान लीजिए। पब्लिक में अव्यवस्था अशांति ना फैले इसका हमें ध्यान रखना पड़ता है , तो कृपया करके धरना खत्म करके घर लौट जाइए और अगर 24 घंटे में कोई कार्यवाही ना हो तो आप बेशक धरना दे सकते हैं थाना तो यही रहेगा और हम आप भी यही है।

वृद्ध महिला ने जमाना भर देखा था ।वह आश्वासन से सहमत थी उसने एक नजर और महिलाओं की ओर दौड़ाई और उनकी आपसी बातचीत व मंद चर्चा के पश्चात बोली- बेटी अगर मान जाएगी तो हम इंतजार कर लेंगे अन्यथा यही आत्मदाह करेंगे। आप एक बार बात कर लीजिए

हमारी बच्ची से।

रमेश:- ठीक है माताजी बुला लीजिए उन्हें। रमेश ने इशारे से कांस्टेबल को चार-पांच चाय लाने के लिए बोला।

आधा घंटा और एक चाय पीने के बाद रमेश ऑफिस के बाहर चिंतित असमंजस मुद्रा में इधर-उधर सोचते हुए घूम रहा था। अबकी बार फिर से ट्रांसफर पक्का। तो क्या करूं इतना निर्दयी नहीं मैं, नौकरी इसी के लिए कर रहा हूं चैन से सो तो लिया करूंगा जहां भी रहूंगा। रमेश के मस्तिष्क में विचारों का भूचाल आया हुआ था। एक ओर इसके नियम जहां उसे कठिनाई तो होगी पर सुकून मिलेगा, वहीं दूसरी ओर ऐशों-आराम धन दौलत परंतु मन में सुकून नहीं। इसी कशमकश में रमेश देखता है की मुख्य गेट पर भारी हजारों की भीड़ के पीछे एक ऑटो रिक्शा रुकता है। एक महिला उम्र लगभग 30 साल रंग गोरा साड़ी पहने हुए सफेद पट्टियों से परिपूरित पुरुष को सहारा देते हुए निकलती है। थोड़ी दूर सहारा देकर चली ही थी कि एक महिला उसे देखते हुए कहती है - शिविका दीदी आ गई। उसके आते ही भीड़ में जैसे रक्त संचार हो गया सभी शिविका दीदी! शिविका दीदी! पुकारते हुए हजारों की भीड़ उसे घेर लेती है रमेश को अब तक पता चल गया था घायल व्यक्ति उसका पति ही है। कुछ महिलाओं ने शिविका के पति को सहारा दिया और भीड़ उन दोनों के सेवा चाकरी में इस तरह व्यस्त हो जाती है जैसे भूखे को रोटी मिलने पर वह कुछ देर के लिए संसार को भूल जाता है। सभी महिलाएं उस महिला के पति को सहारा देकर एक जगह बैठा देती हैं। हजारों की भीड़ में बारी-बारी से महिलाएं आती शिविका उन्हें नमस्ते करती और कोई रोती, कोई उसे गले से लगा लेती, तो कोई उसे आशीर्वाद देता, तो कोई उसके हाथों को आंखों से स्पर्श करके चूमता। सब उसके दर्शन मात्र से तृप्त हो गए थे जैसे भक्त प्रभु की मूर्ति के दर्शन मात्र से खिल उठते हैं। रमेश व सुधांशु दोनों को ही शिविका कोई देवी जैसी प्रतीत हो रही थी। जिसके दर्शन मात्र से भीड़ को जैसे मोक्ष मिल गया हो भीड़ शिविका के साथ मुख्य गेट तक आती है और गत चार महिलाएं शिविका को जैसे ही अंदर ले जाने के लिए बढ़ती है तभी गर्भगुंजन व आकाशीय बिजली समकक्ष नारों से पूरा आकाश गूंजायमान हो जाता है।

''नहीं सहेंगे नहीं -सहेंगे अत्याचार नहीं सहेंगे''

लड़ते रहेंगे - लड़ते रहेंगे , न्याय नहीं मिलेगा तब तक लड़ते रहेंगे।

जिंदाबाद-जिंदाबाद शिविका वीरांगना जिंदाबाद।

हमारी बेटी कैसी हो , शिविका बेटी जैसी हो।

पुलिस प्रशासन मुर्दाबाद ,भाई पुलिस प्रशासन मुर्दाबाद।

इसी बीच शिविका ऑफिस तक पहुंच चुकी थी। शिविका ने अपने दोनों हाथ उठाये और ऊंचा करके भीड़ को नमस्कार किया। सारी भीड़ में एक इशारे से असीम शांति बरप गई।

रमेश ने इतना प्रभाव और इतनी शक्ति अपनी नौकरी में क्या , किसी नेता की भी नहीं देखी थी । आज उसे ईमानदारी का मोल पता चल रहा था। वह अपना मन बना चुका था कि चाहे जो भी हो अब वह न्याय के साथ ही खड़ा होगा।

शिविका को समझाने के बाद भीड़ लौट जाती है। और सारे सबूत और सीसीटीवी फुटेज से एमएलए के पुत्र के साथ उसके तीन दोस्तों को भी गिरफ्तार कर लिया जाता है। उसमें एक आईजी का बेटा भी था । रमेश किसी भी कीमत में अब ऐसा पिता नहीं बनना चाहता, जिसके पास होते हुए भी कुछ नही था ।

2

शिष्य

<hr>

"जब तक जल मार्ग में आने वाले अवरोधों को न हटाया जाए तब तक वह नदी में कैसे मिले| यह कमजोर एवं कुशाग्र बच्चे शर्मा जी की स्वयं की वह फसल थी जिसे वह वर्षभर सींचते थे, डांट -डपट से कीटनाशी बन जाते तो कभी गुस्से से क्रूर होकर प्रकाशित कर देते| परंतु जब उन्हें फसल हरी भरी होती दिखाई देती तब उन्हें लगता कि यह युवा वर्ग ही समाज को चाहिए| "

शर्मा जी और उनकी पत्नी विमला शर्मा शहर के बीच में कुशल दांपत्य जीवन व्यतीत कर रहे थे। विजय शर्मा जीव विज्ञान में परास्नातक थे वहीं दूसरी ओर विमला भी सहपाठी थी ।। दोनों पढ़ाई में सबसे आगे थे इसी स्पर्धा ने उनका वैचारिक रूप से तालमेल कराया ।।धीरे-धीरे notes का आदान-प्रदान होने के साथ-साथ मुस्कुराहट का आदान-प्रदान भी होने लगा ।।कॉलेज की पढ़ाई पूरी होने के बाद दोनों की मंजिल जरूर अलग-अलग हुई परंतु रास्ते एक जैसे ही रहे ।।दोनों के अथक प्रयास के बाद शर्मा जी अध्यापक बन गए वहीं विमला सरकारी स्कूल में बाबू नियुक्त हुई ।।दोनों के आपसी संतुलन वैचारिक सौहार्द के कारण दोस्ती का रिश्ता पति-पत्नी में बदल गया ।।

जब तक रिश्ता व्यक्तिगत रहता है समाज से छुपा रहता है मिलने जुलने में अलग रोमांच होता है।। समाज से डर, अपनों का डर, ना जाने कौन सी डगर कोई अपना मिल जाए ।। और जब शहर भरतपुर जैसा हो तो आप प्रेमी युगल होते हुए भी हाथ में हाथ डाले स्वान हंसो जैसे प्रेम रूपी झील में गोते नहीं लगा पाते हो।

ब्रज क्षेत्र हालांकि भगवान श्री कृष्ण की प्रेम कथाओं से सराबोर है , तो अन्यत्र जन को यहां का वातावरण प्रेम अनुकूलित लगे , परंतु ऐसा कदापि नहीं था ।।और प्रेम विवाह तो जैसे ईद का चांद हर किसी के घर से दिखाई दे यह मुश्किल नहीं नामुमकिन था ।।अगर आपके परिवार वाले पढ़े लिखे साथ ही खुले विचारों के हैं , जिन्हें सामाजिक नियमों से ज्यादा व्यक्तिगत विचारों की अहमियत है तभी यह संभव है ।।

शर्मा जी का एकमात्र सपना था सामान्य जन की सेवा।। औरों की तरह ना ही उन्हें महंगी गाड़ी चाहिए थी ,ना आलीशान मकान , बस कहते थे कि हां छोटा सा घर हो अपना, सामान्य जरूरते परिपूरित हो जाए ,दवा, हवा ,पानी चल जाए बाकी सब प्रभु की कृपा।।

विमला के विचार भी पति के समान थे । विमला बिजनेस में रुचि जरूर रखती थी, अपने कार्य में निपुण जिस ऑफिस में लोग ना चाहते हुए भी तोहफे ऊपर से ले लेते थे, वहीं विमला को पूरे ऑफिस में सबसे ईमानदार व कार्य कुशल समझा जाता था।। उसने पैसे बचाने शुरू किया ताकि पति का सपना पूरा हो सके ।। विजय पढ़ाने के बहुत शौकीन थे ।।जहां स्कूल में कालांशो के ऊपर म्यान से तलवारे निकल जाती थी, विजय जी नियमित रूप से 5 घंटे के कालांश 6 घंटे में से निकालते थे।।

दोनों ने शादी के कुछ साल बाद "शर्मा क्लासेस" नाम से कोचिंग शुरु कर दी।। विजय दफ्तर से आने के बाद साय 5 से 8:00 बजे तक का प्रहर ही उपयोग कर पाते थे ।।जिसमें पहला घंटा 11वीं के बच्चे 6 से 7 तक 12वीं के बच्चे 7 से 8 कॉलेज के बच्चों को बायोलॉजी पढ़ाते थे ।। विमला को सुबह का समय ही मिल पाता था तो वह मैनेजमेंट ज्यादा देखती । कहीं ना कहीं विमला भी अप्रत्यक्ष रूप से बिजनेस वाला सपना कुछ समय के लिए ही परिपूरित कर लेती।

विजय:- " मैं क्या कहता हूं बच्चे इतने नहीं आ पा रहे हैं, क्यों ना पैसे थोड़े कम कर दें: । ।

विमला :- "पैसे कम करने से भी कुछ नहीं होगा ,भले ही आप फ्री कर दो परंतु गंभीरता, पढ़ाई के प्रति समर्पण और गंभीरता त्याग से ही आती है। । आप सोचते हैं कि भला होगा मुफ्त में पढ़ाई करवा दे ,तो सरकारी स्कूल की हालत देखते हो ना। । "

विमल कह तो सच ही रही थी। । मुफ्त की वस्तु का मूल्य नहीं समझा जाता। । मार्केट में जितना महंगा देकर सामान बेचा जाता है जनमानस कहीं ना कहीं उसे हर मानक पर खरा समझता है । । परंतु शर्मा जी के बार-बार कहने पर विमला ने बीपीएल सदस्यता रखने वाले छात्रों को एवं छात्राओ को 70% तक की छूट की सूचना लिखवा दी । । सरकारी नौकरियों के रहते बीवी मियां व्यस्त तो खूब रहते, परंतु इतनी व्यवस्था के बावजूद विमला एवं शर्मा जी एक दूसरे के प्रति दांपत्य धर्म को परिपूरित करते थे । । शर्मा क्लासेस ने इतनी भड़कीले विज्ञापनों की दुनिया में सादगी रखते हुए भी गति पकड़ ली थी । ।

शर्मा जी पढ़ाने में तो पारंगत थे ही ,परंतु बच्चों के साथ मिलनसार रवैया , उनका समस्याओं को युद्ध स्तर तक सुलझाना अपना नैतिक धर्म मानते थे। ।

एक रोज शाम को नवंबर के महीने में कॉलेज छात्रों के बैच के समय में शर्मा जी ने क्लास शुरू की -

-तो कैसे हो बच्चों , चलो आज पढ़ेंगे पादप अनुक्रमण के बारे में।। सभी बच्चे सैनिको की भांति सशस्त्रो के साथ सुसज्जित थे ।। कहने भर से ही पन्ने पलटने लगे और एक टक सुनने लगे ।। शर्मा जी समझाते हुए कुछ लिखते और उसे समझाने के बाद बच्चे उसे अपनी नोटबुक में लिखने लग जाते ।। यह नए छात्रों का बैच था।। कोई 25 से 30 छात्र एवं छात्राएं थी।। लिखते हुए शर्मा जी को पीछे की पंक्ति में फुस्फुसाहट की आवाज सुनाई देती है ।। शर्मा जी जैसे ही मुआयना करते हैं , फिर शांति बरप जाती है ।।यह कोई नई बात नहीं है शर्मा जी के लिए, पीछे की पंक्ति में बच्चों के पास ऐसे कई अवसर होते हैं कि वह पूरे क्लास रूम का माहौल मटिया मेल कर दें।। तभी आगे की पंक्ति में से एक छात्र

खड़ा होता है :-सर बंसी बातें कर रहा है ।।

शर्मा जी ने लिखना बंद कर दिया और शिकायत करने वाले बच्चे से पूछा:- तभी मैं सोचूं यह फुसफुस की आवाज कहां से आती है ? कौन-कौन है ईमानदारी से खड़े हो जाइए ।। इशारे से बैठने की कहा ।। सर-सर बंसी और इसके दो साथी तभी से बातें कर रहे हैं।क्लास में जैसे विद्रोह शुरू हो चुका था ।

बंसी और उसके दोस्त निशब्द से होकर इधर-उधर देखने लगे। "मैं कहता हूं ईमानदारी से खड़े हो जाओ -नहीं तो बहुत बुरा होगा शर्मा जी ने कहा। सभी छात्रों की क्रोधित नजरे गुनहगारों को देखती हैं , चेतावनी के साथ। अंत में तीन छात्र खड़े हो जाते हैं , लगभग 19-20 साल की उम्र के गेहूंए रंग की हस्ट पुस्ट बच्चे खड़े हो जाते हैं और निरीह दृष्टि से शर्मा जी की ओर देखते हैं।

बच्चों के एक दूसरे के दोषारोपण के पश्चात शर्मा जी चेतावनी देकर छोड़ देते हैं ।

एक दो सप्ताह तक बार-बार कोई ना कोई छात्र बंसी की शिकायत करता रहता है।

❧

"बंसी के घर वालों का पता चला कुछ " शर्मा जी ने परोसी हुई थाली को लेते हुए कहा ।

पिताजी से बात हुई है । आने की कहते तो है पर 10 दिन होने को आए हैं । विमला ने कहा

"बताइए! घर वालों को ही नहीं पड़ी कुछ, तो बच्चे तो बिगड़ेंगे ही ।क्या समाज बनाएंगे ।" शर्मा जी बोले ।

"आप बात-बात पर भविष्यवक्ता कैसे बन जाते हैं ? अधीर मत होइए। किशोरावस्थाएं ऐसे ही होती है, मतवाले ,अड़ियल और मौज मस्ती की- विमला ने कहा।

हां तभी तो कह रहा हूं ,यह जोश अच्छे काम में लगे तो जिंदगी को एक अच्छी दिशा मिल जाए। शर्मा जी बोले।

"ठीक है भाग्यवान खा रहा हूं" विमला के बड़े नेत्रों से डाट को महसूस करने के बाद बोले।

काम की व्यस्तता में शर्मा जी बंसी को भूल गए। ना बंसी ट्युशन आता ,ना उसके पिता आये।

एक दिन विमला ने बंसी के बारे में पूछा तो शर्मा जी बच्चे की भांति व्याकुल हो उठे| एक बार को सोचा भी था कि क्लास में किसी बच्चे से उसका दूसरा नंबर मांग लूं पर काम की व्यस्तता में बंसी के बारे में दिमाग से निकल गया|

फिर विमला के गुस्से से भी वाकिफ थे इसीलिए सुबह होने पर ऑफिस गए | पूरे समय मन में एक ही रट लगाए रखी ," हे प्रभु यह गलती कैसे हुई ? "पता नहीं कैसे बंसी उनके ध्यान से गायब हो गया? अन्यथा कोई भी छात्र उनका दो दिन से ज्यादा रुक जाए तो वह तुरंत घर फोन करके पूछ लेते थे| क्लास में ज्यादातर बच्चे बता दिया करते थे और बहुत व्याकुलता के पश्चात वह समय आ ही गया जब वह क्लास आए और जो नंबर उसे बंसी ने दे रखा था उस पर खुद वह कई बार कॉल कर चुके थे| कॉलेज का बैच सबसे लास्ट में था| दूसरे बैच को पढ़ाते पढ़ाते वह बाहर आकर कॉलेज के छात्रों में बंसी को तलाश रहे थे|बंसी पढ़ाई में मध्यम था परंतु शरारती था, पीछे की पंक्ति में बैठकर कोई ना कोई मौका शरारत करने का ढूंढता|

शायद उसे अटेंशन चाहिए थी जो शर्मा जी ने नहीं दी|जब अंतिम बार चेतावनी कठिन शब्दों में दी थी हालांकि बुरा शर्मा जी को लगा था परंतु जब तक जल मार्ग में आने वाले अवरोधों को न हटाया जाए तब तक वह नदी में कैसे मिले| यह कमजोर एवं कुशाग्र बच्चे शर्मा जी की स्वयं की वह फसल थी जिसे वह वर्षभर सींचते थे, डांट -डपट से कीटनाशी बन जाते तो कभी गुस्से से क्रूर होकर प्रकाशित कर देते| परंतु जब उन्हें फसल हरी भरी होती दिखाई देती तब उन्हें लगता कि यह युवा वर्ग ही समाज को चाहिए| परंतु कई बार सारे पौधे पुष्प व बीज तक नहीं पहुंच पाते थे, शर्मा जी को इसी की आशंका थी कि कहीं बंसी ने पढ़ाई तो नहीं छोड़ दी|

कॉलेज बैच का समय शुरू हुआ

"Good evening , श्रीमान , सभी बच्चे सीट से खड़े होकर सम्मान में बोले|

गुड इवनिंग, सभी बैठो और बताओ कैसे हो सभी? शर्मा जी ने पूछा।

पूरे बैच में हाल-चाल का ब्यौरा मुस्कुराहट फेरते हुए अंतिम पंक्ति तक पहुंचा दी परंतु बंसी कहीं नहीं दिखाई दिया। उन्होंने शुरू में अधीर ना होके बंसी के बारे में नहीं पूछा। कुछ समय पढ़ा लेने के बाद जब छात्र श्याम पट को अपनी नोटबुक में उकेरने लगे तब पूछा।

बंसी कैसे नहीं आता? शर्मा जी ने पूछा।

"पता नहीं कर कई दिन से नहीं दिखा "कई बच्चे पीछे देखते हुए।

शर्मा जी ने उसके साथ जो बैठा करता था , उस बच्चे अशोक से पूछा - "हां अशोक तुम तो दोस्त हो ना उसके कैसे नहीं आता?"

अशोक झिझककर बोला - नहीं सर कई दिन से कॉलेज में भी नहीं आता है।

बंसी के पिताजी क्या करते हैं?- शर्मा जी ने अशोक से पूछा।

सर यही मंडी में सब्जी बेचते हैं।- अशोक ने जवाब दिया ।

नाम शर्मा जी को पता था। तो बैच खत्म करने के बाद सोचा कि मैं मंडी में पूछ लेता हूं।

໑౨

स्कूटी स्टार्ट की और मंडी पहुंच गए । इतनी बड़ी मंडी में खोजने के लिए सबसे बड़ा आसान तरीका यही था कि ज्यादा से ज्यादा ठेलो पर बंसी के पिताजी के बारे में पूछा जाए , सब्जी का मोल भाव भी कर लेंगे।

चार-पांच ठेलो पर पूछने के बाद एक व्यक्ति ने बंसी के पिता हरिराम के ठेले की ओर इशारा किया - वह है हरिराम।

एक अधीर सा व्यक्ति सांवले रंग का विभिन्न प्रकार की सब्जियों को ठेले पर सजाये हुए बोला जा रहा था , ताजा-ताजा सब्जी , हरी हरी सब्जी।

शर्मा जी गए और पूछा- आलू क्या भाव है अंकल जी|

हां जी बाबू आइये   ₹50 के ढाई किलो है कर दें? इशारा मिलते ही हरिराम के चेहरे पर विजय मुस्कान ने दस्तक दी और आलुओं के ढेरसे अच्छे-अच्छे आलू ढूंढने लगे।

आप कहीं बंसी के पिताजी तो नहीं? शर्मा जी ने पूछा।

क्यों साहब! स्तब्ध होकर एवं रुक कर हरीराम ने पूछा।

अरे आप ऐसे लगे । वह एक रोज मेरी क्लास में फीस भरने आए थे तो मुझे ऐसा लगा कि आप ही हैं।

आप शर्मा क्लासेस की बात तो.....

जी हां जी मैं विजय शर्मा ,मैं ही चलाता हूं-शर्मा जी ने टोकते हुए कहा।

अरे गुरु जी ,आप। पहले क्यों नहीं बताया। अपनी तौलिये से कुर्सी साफ करते हुए बोला "बैठिए बैठिए "।

"अरे नहीं नहीं कोई बात नहीं"शर्मा जी ने कहा

गुरुजी हमारे लिए कोई सेवा! एक चाय तो पीनी पड़ेगी हाथ जोड़कर हरिराम बोला और उतनी ही चपलता से पास में ठेले वाले से बोला -अरे कृष्णा सुन चाय वाले को तीन चाय बोल।

अरे इसकी कोई जरूरत नहीं -शर्मा जी ने मना किया।

अरे गुरु जी हमें थोड़ी सेवा का मौका तो दीजिए।

हरिराम ने बोलना शुरू किया और पूछा- तो कैसा पढता है हमारा बंसी।

आपके प्रभाव से बड़ा तेज हो गया है ,12वीं पास तो जैसे तैसे हुई थी परंतु अब कोचिंग से बड़ा लाभ हुआ है । हमारी तो यही इच्छा व प्रार्थना है प्रभु से , कैसे भी करके अच्छा आदमी बन जाए । हमारा क्या है! हमारी तो यही गुजर गई ।पढ़ाई उतनी हुई ना थी।

इतने मे चाय वाले ने दस्तक दी और मिट्टी के कुल्लड़ में चाय पेश कर दी- लीजिए सर ।

विजय शर्मा ने चाय का कप हाथ में लिया ही था इतने में बंसी बैग लिए आया और कहां - प्रणाम पिताजी।

अरे बड़े सही समय पर आया ,देख तुम्हारे सर आए हैं शर्मा जी की तरफ इशारा करते हुए हरिराम ने कहा।

बंसी के चेहरे की हवाइयां उड़ चुकी थी वह शर्मा जी की तरफ एकटक दृष्टि से उसी भांति देख रहा था जैसे हिरण शेर को उस हालत में देखें जब

उसे भागना निरर्थक लगे।

देखता क्या है? पैर छू गुरु जी के।

"हां पिताजी "झुक कर पर स्पर्श करते हुए बोला।

खुश रहो खुश रहो । शर्मा जी आशिर्वाद देते हुये बड़े व्यवधान में थे, नाराजगी के साथ में हंसी भी आ रही थी कि अब आया ऊंट पहाड़ के नीचे। बंसी बाएं दाएं देखकर बस किस्मत को कोस रहा था।

गुरुदेव बताया नहीं आपने कैसा है पढ़ाई में हमारा बिटवा ? हरीराम फिर से पूछा।

हां हां। बड़ा अथक परिश्रमी है। प्रतिदिन समय अनुसार क्लास आता है और चुपचाप पढ़ाई करता है बड़ा गंभीर है।

"आप ही की कृपा है गुरुदेव नहीं पहले तो बड़ी शिकायतें आती थी।"प्रसन्नता ने हरीराम के चेहरे पर बच्चों के उज्जवल भविष्य को देखकर आए हुए पसीनो को सोख लिया था।

सब बड़ी महंगाई है जैसे-तैसे कुछ बचा पाते हैं वह तो आप जैसे लोगों का भला है वरना इतनी कम फीस में कौन पढ़ाता है| कई जगह घूम तब जाकर आपके बारे में सुना बिटिया विमला ने 70% फीस माफ कर दी थी जैसे तैसे पढ़ाई पूरी हो जाए अपने पांव पर खड़ा हो जाए हम तो जब मरेंगे तब तक इसी काम से पेट पाल लेंगे।

शर्मा जी बोले - आप क्यों चिंता करते हो ,समय बड़ा बलवान है। आपका बच्चा अच्छा है, देखना एक दिन आपका नाम रोशन करेगा ।चलिए अब मैं विदा लेता हूं ।चाय के लिए शुक्रिया ! आलू के पैसे देते हुए शर्मा जी ने कहा।

यह पाप हमसे ना करो हम नहीं ले पाएंगे-हरिराम ने बोला।

तो ठीक है हम भी कहीं और से ले लेंगे बड़े मनुहार के बाद शर्मा जी ने हरिराम को पैसे दिए।

वही एक और उन्हें बंसी पर तरस के साथ-साथ गुस्सा भी आ रहा था । बंसी नजर भी नहीं मिला पा रहा था । बंसी ने झुक कर प्रणाम किया और स्कूटी तक सब्जी लेकर आया ।शर्मा जी ने एक शब्द तक नहीं कहा उनकी चुप्पी ने वंशी को सब कुछ समझा दिया था।

सुनती हो आज बंसी के पिताजी से मिलकर आया।

सब्जी काटते हुए शर्मा जी विमला से बोले।

तो शिकायत की या नहीं इतने दिनों से नहीं आ रहा था? विमला ने पूछा नहीं कह पाया ,बड़ा खुश था बेचारा मुझे उसके सपने मेरी शिकायतों के पुलिंदों से ज्यादा अच्छे लगे |सोचा आशा टूट जाएगी और जो मार शर्म की होती है वह किसी छड़ी में कहां - शर्मा जी ने कहा।

हां अच्छा किया। पर यह भी तो गलत ही है । बच्चा आ नहीं रहा तो यह बात उसके घर वालों को बताना हमारा फर्ज है। विमला ने बोला।

देखना विमला मुझे पक्का भरोसा है। मैंने बंसी की आंखों में देखा वह कल पक्का आएगा। शर्मा जी ने भरोसा देते हुए विमला से कहा।

अजी ठीक है अभी छोड़िए बात ,मेरे साथ हाथ बटाइए लौकी पकड़ाते हुए विमला ने कहा।

੭੦

अगले रोज शाम को जब शर्मा जी कॉलेज बैच की इस टाइमिंग में गए और जाते ही किताबों के पन्ने पलटते हुए बार-बार वह क्लास के बच्चों का अवलोकन कर रहे थे तभी उन्हें बंसी दिखाई दिया, मन में ऐसी शांति बरसी जैसे प्यासी धरती पर कई दिन बाद बारिश पड़ी हो। शिक्षक को क्या चाहिए आदर ,सत्कार और बदले में आप उनसे एक सुसभ्य व जागरूक समाज प्राप्त कर सकते हो|

इसी को अपनी पूंजी समझते थे शर्मा जी क्लास समाप्त होने के बाद सभी बच्चे चले गए |शर्मा जी ने जैसे ही अपनी स्कूटी बाहर निकाली सामने बंसी खड़ा था। पैरों को पकड़कर रोने लगा - गुरुजी क्षमा कर दीजिए बड़ी भूल हुई है मुझसे।

शर्मा जी ने उसे कंधों से पकड़ कर उठाया और कहा - "अरे कोई नहीं रोने

जैसा कुछ भी नहीं हुआ है।"

बंसी बोला -गुरुजी बापू अथक परिश्रम करते हैं। हमसे देखा नहीं जाता। मन करता है पढ़ाई छोड़कर धंधा कर ले ।इसलिए बार-बार शरारत करते रहे कि आप एक दिन आने से मना कर देंगे।

शर्मा जी मुस्कुराते हुए सुनते जा रहे थे | बंसी बच्चे जैसे गलती का एहसास होने पर आंसुओं से पश्चाताप किया जा रहा था।

कॉलेज में तो ज्यादा फीस भी नहीं लगती तो सोचा कॉलेज जाकर ही पास हो जाऊंगा कोचिंग की क्या जरूरत है? शाम को काम सीखने पास की मोटर गैरेज में चला जाता हूं बीते 20 दिनों से।

शर्मा जी ने कहा -

परंतु बेटा यह समय बड़ा कीमती है कोई तैयारी करो| ग्रेजुएशन के साथ में, मैं जो तुम्हें पढ़ रहा हूं उससे तुम्हारी सब्जेक्ट के बेसिक्स क्लियर होंगे और यह एक कला है जिसमे धीरे-धीरे पारंगता आती है | जितना समय किसी विशेष तथ्य को सीखने में लगता है ,उतने ही परिणाम दूरगामी एवं सरस होते हैं।

बंसी बोला - जी हां गुरुजी , मुझे गलती का एहसास हो गया है ।जब उस रोज बाबूजी को एक खुशी के साथ, एक आशा के साथ देखा.... उन्हें आशा थी कि मैं पढ़ लिखकर ठेले से आगे जाकर कुछ करूंगा। मैंने उन्हे इतना खुश किसी और से मिलते नहीं देखा। मैं आपका ऋणी हूं, आभारी हूं ,आपने उन्हे मेरे क्लास नहीं आने की खबर नहीं दी वरना वह टूट जाते। और गुरुजी जैसा कि आप कहते हैं व्यक्ति खाना पीने के बिना रह सकता है आशा के बिना जीवन नीरस बोझिल लगता है।

शर्मा जी बंसी के खुद से किए हुए वादे को उसकी अश्रुधारा से समझ सकते थे, आशीर्वाद देते हुए शर्मा जी ने कहा - बेटा घर जाओ। खुश रहो ,खूब तरक्की करो और दूसरों को भी खुश रखो।

शर्मा जी स्कूटी स्टार्ट करते हुए घर की तरफ निकल गए और बोले आज विमला को बताऊंगा वो भी बहुत खुश होगी|

3

एक सर्द रात

"मैंने भगवान पर भरोसा नहीं किया था कभी पर, उस दिन वह संयोगवश वार्तालाप मेरे लिए उनका आशीर्वाद था| मैंने उस पल सोचा जब एक वक्त की रोटी व्यवस्था करने वाले में हिम्मत और आशा हो सकती है तो मुझ में क्यों नहीं|"

वो रात में ताउम्र नहीं भूल पाया |वह जनवरी की बड़ी कड़ाके की ठंड थी उस दिन मेरा परीक्षा परिणाम आया था ,हर बार कि जैसे मैं पास पहुंचते-पहुंचते फेल हो गया| मैं डॉक्टर बनना चाहता था, मैं एकमात्र बेटा हूं अपने छोटे से गांव का जो इतने बड़े सपने को साकार करने बाहर आया था|

मुझे इस ख्याल से और घुटन हो रही थी |मैं तेजी से अपने कमरे का दरवाजा बंद करके ताला लगाने लगा, मुझे खयाल आया बाहर ठंड है इसलिए वापस से शॉल(ऊनी कंबल)लाया और लपेटकर अंधेरी ठंड रात में चल दिया |

सुनसान रास्ता, कुछ आवारा कुत्तों के अलावा मैं था बस और था मेरा आज का दर्द | पहले तो मैंने दोस्त दिलीप के पास जाने का सोचा फिर मैंने मेरी अकेलेपन वाली जगह जाने का सोचा।

वह ज्यादा दूर नहीं थी , पास में ही कुछ खाली और सुनसान प्लॉट थे । वह रोड के किनारे था वहां बैठने में रोड पर भागती हुई जिंदगी दिखती वहीं दूसरी ओर इसका प्रतिबिंब सुनसान जगह।

मैं तेजी से कदम बढ़ाते बढ़ाते मन ही मन में सोचने लगा- "शायद मुझमें क्षमता ही नहीं है |सब कुछ तो करता हूं, मेहनत करता हूं ,अच्छा सोचता हूं ,सकारात्मक ही सोचता हूं| कभी किसी का बुरा नहीं चाहता और मुझे इतने सालों से सफलता से क्यों दूर रखा गया है !

सोचते-सोचते मेरी आंखों से आंसू आ गए |मैं सॉल में मुंह देकर सुबकने लगता, चुप हो जाता ,फिर से सिसकियां फिर आंसू को पोंछते हुई एक नजर देखता।

कोई मुझे चलते हुई देख तो नहीं रहा। मैं रोड से कुछ दूर एक पेड़ के नीचे अंधेरे में बैठा था ।

मेरे पीछे वाले स्थान पर मैंने टेंट लगा दिखा ,शायद कोई उस स्थान पर नया आया होगा । कई बार मजदूर वर्ग के कई लोग मालिक से अनुमति लेकर यहां खाली पड़े प्लॉट पर ठहराव कर लिया करते थे।

वही एक मां और एक छोटा बच्चा थे क्योंकि उनकी प्रतिभूति टेंट के अंदर से आ रही प्रकाश दिखाई दे रही थी | उनकी बातें फुस फुसाहट के रूप में सुनाई दे रही थी , तो मैं उनके पास वाली दीवार के नीचे जमीन पर जाके बैठ गया

मैं अपना ध्यान हटाना चाह रहा था और यह रोचक लग रहा था |

एक बालक अपनी मां से पूछ रहा था -"

"आप कहती हो ना !मैं बड़ा होकर बहुत अच्छा और बड़ा आदमी मानूंगा "- काम करती हुई मां को परेशान करते हुई और तुतलाकर बच्चे ने पूछा.

मां ने बस हम्म कह कर टाल दिया ।

"पर मेरे पास तो पैसे ही नहीं है,ना ही आपके पास "

मां ने चुप्पी तोड़ी -"हमारे पास बहुत पैसे हैं बहुत सारे "

"कहां है मां"

"वह बेटा मैंने छुपा कर रखे हैं ना | यह टोपा पहन लो सर्दी लग जाएगी "

"नहीं लगेगी "- परेशानी वाली आवाज में कहा |

"अच्छे बच्चे अपनी मां की बात सुनते हैं ना ।। ठीक है!"

"मां आप मुझे कहानी सुनाओगी ना "

बच्चे ने प्यार से मनोहर करते हुए कहा|

"ठीक है पहले जाकर पानी पीकर आओ, पेशाब करके और हाथ धो कर आना है|"

बच्चे को तो मानो मिठाई का लालच मिल गया वह बाहर भागा और झट से वापस आया ।

मां जिस काम में व्यस्त थी ,उसे जल्दी से खत्म कर उसे कहानी सुनाने लगी||

"बहुत समय पहले जब धरती पर चारों तरफ अंधेरा ही अंधेरा था ,तब भगवान ने एक मानव को यहां भेजा "

"मां भगवान ने उसे बनाया था?"

" हां ,बेटा भगवान ने ही बनाया था । उससे कहा कि मैं कुछ समय बाद वापस आऊंगा अगर तुम यही मिले तो तुम्हें यही छोड़ जाऊंगा अगर तुम यहां खुद को बचा नहीं पाए तो तुम्हें वापस नष्ट कर दूंगा।।

कुछ समय बाद मानव को भूख लगी पर वह कुछ भी खा नहीं सकता था जब तक कि कुछ खुद नहीं पकाता या बनाता । क्योंकि भगवान ने शर्त रखी थी कि तुम अपने द्वारा उगाया हुआ खाओगे तब ही तुमको इस पृथ्वी पे रहने दिया जाएगा अन्यथा विनाश कर दिया जाएगा।

मानव तेज था,उसने अपने निरीक्षण से पेड़ पौधों की जीवनी के बारे में जाना और उसने जाना बीज से फसल होती है ।बीज को उगने में बहुत समय लगा| अब उसके बड़े होने और पकने पर कोई ना कोई रुकावट आती रहती, मानव ने हार मान कर खुद को खत्म करने की सूची ।

वह चलने लगा उसके मार्ग में नदी आई मानव ने कौतुहल बस पूछा -" तू क्यों बहती है "

"यही तो मुझे जीवन देता है | मैं बिना प्रवाह के खत्म हूं तभी भगवान ने मुझे यहां रखा है।

वह आगे चलने लगा उसे बड़ा पर्वत मिला | उसने पूछा -"हे गिरिराज आप क्यों अडिग खड़े हो ".

"मेरी इसी रूप से कई जीवन चलते हैं| मैं कई नदियों का उद्गम करता हूं तभी तो मैं यहां आगे खड़ा हूं |

वह आगे चला, उसे आग मिली,उसने पूछा-" आप इतने गुस्से में क्यों हो" सुनते ही बच्चा हंस पड़ा, मां भी मुस्कुरा दी ,मैं भी मंद सा मुस्कुरा दिया।

"मेरा कोई और छोर नही है । मैं जलती हूं ताकि हो उजाला हो सके, अंधेरा दूर हो सके" ।

मानव को भगवान का रचनात्मक कार्य समझ आ रहा था। उसने हवा से पूछा ।

हवा ने कहा - मेरा जीवन संभव नहीं है,मैं ओज हू, जीवन का एक तत्व।

मानव ने उपाय बदला और सोचा जब इन सभी का कुछ न कुछ काम निश्चित है तो जाहिर सी बात है मेरा भी होगा ।

उसने गहन ध्यान से महसूस किया कि यह सब वार्तालाप नहीं बल्कि भगवान की उसी बचाने में, समझाने में एक मदद है। एक मार्गदर्शन है ,आखिर में वही एक रचीयता है ।

फिर मानव ने पहाड़ में गुफा में रहना शुरू किया ,आग से अंधेरा दूर किया ,नदी के पानी से प्यास बुझाई

और इन्हीं की मदद से फसल करने लगा और सुख शान्ति से रहने लगा ।

"क्या भगवान फिर वापस नहीं आए "

"बेटा वो कहीं गए ही नहीं थे । वह तो मानव के साथ थे ना, हमेशा उसी के रूप में ।।

"इससे क्या सीख मिलती है बताओ?"

" मां आप बताओ ' बच्चे ने मासूमियत से मां की ओर देख कर कहा ।

"कभी भी भगवान से भरोसा मत उठाओ| वह हमेशा हमारे साथ है ,उसके होने को महसूस करो ।

भले ही वह बहुत कुछ अच्छा नहीं करें पर वह बहुत बुरा भी नहीं होने देगा। उसकी बुरी में भी कुछ अच्छाई छुपी हुई है जो तुम्हें ढूंढनी है ।"

बच्चे ने टोका -" हम्म आप सही कहते हो, तभी तो हम टेंट में सुरक्षा में सो रहे हैं । वहां कोने पर एक अंकल सर्दी में इन सबके बिना भी सो रहे थे ।"-खुद की बात पर ही चकित होकर उसने मां से पूछा -"मां क्या भगवान अंकल के साथ नहीं है?"

मां चुप हो गई और सोचकर कहा- "भगवान कई बार परीक्षा लेते हैं ,देर से हमारे पास आते हैं ।कई बार हमें ही आगे से पहल करनी होती है।

"चलो अब सो जाओ मम्मा को भी सोना है "- उभाई लेते हुए कहा।

यह सब वार्तालाप सुनकर मेरी पूरी निराशा गुम हो गई। इस सुनसान जगह आकर आशा मिलेगी सोचा नहीं था । मैंने भगवान पर भरोसा नहीं किया था कभी पर, उस दिन वह संयोगवश वार्तालाप मेरे लिए उनका आशीर्वाद था | मैंने उस पल सोचा जब एक वक्त की रोटी व्यवस्था करने वाले में हिम्मत और आशा हो सकती है तो मुझ में क्यों नहीं |मुझे इन्हें देखकर भगवान को शुक्रिया कहना चाहिए | मैं रूम पर जाते जाते सोच रहा था ।

मोड पर बच्चे द्वारा बताया गया भिखारी सो रहा था मेरे पास कमरे पर भी गर्म कपड़े थे ।उस बच्चे की मां ने सही कहा था भगवान देर से ही सही भले पर भगवान आते जरूर है मदद के लिए । अपनी सौल उतारकर भिखारी को उड़ाते हुए खुशी महसूस करते हुए मैं बस यही सोच रहा था ।

4

कर्तव्य

"ऑफिस में इतने छोटे कार्यकाल के दौरान रमेश कुमार को जमीनी स्तर पर जातिवाद समझ में आया। ऑफिशियल राजनीति में जाति स्तर पर खेमे बनते रहते हैं, और आप कितना भी मिलनसार बनने की कोशिश करते रहें, आपको जातिवाद का तमगा जाते ही मिल जाता है।

अगर आप सामान्य वर्ग से हैं तो आप कर्मठ व अपने काम में पारंगत समझ जाएंगे, आपको जिम्मेदारी के कार्य सौंपे जाएंगे।। वहीं दूसरी ओर अगर आप आरक्षित वर्ग से आते हैं तो आपको आसानी से नौकरी लगने वाले व्यक्ति के नजरिए से, कमजोर व कार्य अकुशल ही समझा जाता है।
"

बेरोजगारी के दौर में एक छोटी सी नौकरी की भी इतनी अहमियत होगी ,यह रमेश ने कभी नहीं सोचा था ।

छोटे से गांव में प्रारंभिक पढ़ाई पूरी करके कॉलेज अध्ययन हेतु, जब वह गांव से बाहर गया तो सपने बहुत बड़े थे।।

हालांकि रमेश के बाबूजी भी सरकारी पीडब्ल्यूडी ऑफिस में बाबू थे ।

उनका सपना था बेटे को पढ़ा लिखा कर डॉक्टर बनाएंगे, वह तो रमेश

बन नहीं पाया, पर घर वालों को उम्मीद हर एग्जाम के साथ में देता रहा। आप भी अभिभावक ,भाई- बहन होंगे, किसी भी ऐसे aspirant के, जिसने मेहनत अनवरत की हो परंतु भाग्य में लिखा कम ही मिला हो।।

जानता हूं ,आप सोच रहे होंगे मेहनत ,परिश्रम मायने रखता है, ना की किस्मत ।

खैर आप एक नवयुवक है तो मेहनत पर ही भरोसा रखें परंतु समय का चक्र असफलताओं को झोली में डालता जाता है तो धीरे-धीरे किस्मत पर भी ध्यान चला जाता है ।

जैसे तैसे बाबूजी के मना करने के बाद भी ग्रेजुएशन की और उस दौरान स्नातक को बेरोजगारी का बेहतरीन ठप्पा माना जाता था और अभी भी विचार मेरे इसके समकक्ष ही है ।

अगर आपको यकीन नहीं है तो जाइए 25 से 30 उम्र वाले किसी भी नवयुवक से पूछिए कि -" सर क्या ग्रेजुएशन नौकरी की राह में उचित दिशा है "

आपको एक ही सलाह दर्द भरी आहत के साथ दी जाएगी ।

"भाई साहब जब कुछ ना हो तभी करना"|

खैर सरकार ने उच्च माध्यमिक योग्यता रखने वाले युवाओं के लिए बाबुओं की भर्ती निकाली।।

रमेश ने आजमाइश के तौर पर बाबू वाला फॉर्म भरा और पास भी हो गया।

सरकारी नौकरी का आकर्षण चुंबक के विपरीत ध्रुव के आकर्षण से भी तेज होता है।

सगे संबंधी और रिश्तेदार कहने लगे -"अरे ! भला आई हुई नौकरी कौन छोड़ता है । सरकारी नौकरी बगल में हो तो फिर और क्या चाहिए?"

कोई कहता -"रिश्ते वालों की लाइन लग जाती है और रही बात और तैयारी करने की, तो इतना समय तो कर्मठ व परिश्रमी व्यक्ति निकल ही लेता है. "

कोई अन्य व्यक्ति कहता-" किस्मत का क्या भरोसा, दोबारा राजकाज किस्मत में ना हो"

मेडिकल में इतनी ठोकरे खाने के बाद रमेश को लगने लगा था कि किस्मत ,भाग्य ,तकदीर से भाग नहीं सकते हैं।।

अंततः रमेश ने नौकरी ज्वाइन कर ली। पिताजी की मना करने के बावजूद भी यह वायदा लेते हुए कि यहां पूरी जिंदगी नहीं बिताऊंगा और आज 2 साल रमेश को होने आए थे ।

"भाई साहब! भरतपुर की ही काट दूं ?"-
कंडक्टर ने परिचित मुस्कान देते हुए रमेश से कहा।

रमेश खयालों में खोया हुआ था ,एकदम से सीट पर सावधान मुद्रा में बैठ गया और कहा-" हां कंडक्टर साहब और कहां ठिकाना है हमारा।"

गांव से 40 किलोमीटर दूर रमेश कुमार का ऑफिस है तो प्रतिदिन आने जाने वाले लोगों से पहचान हो गई है ।

रमेश ने खिड़की खोल रखी थी हालांकि अक्टूबर के महीने में हल्की सर्द हवा अंदर आ रही थी शरीर को सिकुड़न जरूर कर रही थी परंतु मन को सादगी महसूस भी दे रही थी ।

बस में हर दिन आते जाते कुछ चेहरों से नामजद पहचान थी कुछ से बस सूरत देखकर मुस्कान आदान प्रदान करने वाली पहचान थी।

ऑफिस में समय का पता नहीं चलता था परंतु बस में आते-जाते रमेश का मन अनवरत रूप से भाग लेता।

कभी थक जाता तो कभी सो जाता।

रमेश को करियर की और भविष्य की सबसे ज्यादा चिंता इसी समय होती थी ।

सोचता कहां डॉक्टर बनना चाहता था।

लोगों के दर्दों को दूर करना चाहता था एकमात्र यही कारण था कि किसी भी व्यक्ति को दर्दों से मुक्ति दिलवा कर कितना आशीष मुझे मिलते, कितनी दुआएं वो मुझे देते ।

अभी रमेश को यहाँ 2 साल होने को आए थे ।

कोई कार्यभार कार्यालय में प्रोबशनल ट्रेनी को देना उचित न समझा जाता था ।

इसलिए कई बार उसे कैशियर के साथ बैठा दिया जाता तो कभी किसी अन्य अस्थाई कार्य में सहायक के रूप में लगा दिया जाता।

यह जीपीएफ ऑफिस है जहां से सरकारी फंड संबंधित कार्य किए जाते हैं।

रमेश अपने समय की फिल्मों मे कथाकारों की कहानियों से देखता आ रहा था कि सरकारी ऑफिसों के बाबू किसी भी बेबस आदमी की जीवन का सबसे बडे विलेन होता था

वैसे भी कहावत है एक मछली तालाब को गंदा कर देती है ,सत्य ही है।

शायद उस जमाने में बाबूओं का जितना रुबाब हुआ करता था वह अब नहीं रह पाया ।

अब वह बात उनमें नहीं रही। समय के साथ बाबू का मतलब रिश्वतखोर होता चला गया ।

हालांकि रमेश किसी को इतने तीव्र रूप से किसी को लेकर पूर्वगत विचारधारा नहीं बनाता था, ना चाहता है।

रमेश ऑफिस आता और अपना काम करके निकलने की सोचता ।

उसकी उम्र का कोई वहां था भी नहीं जिसके साथ वह बातचीत कर पाए।

ऑफिस में इतने छोटे कार्यकाल के दौरान रमेश कुमार को जमीनी स्तर पर जातिवाद समझ में आया। ऑफिशियल राजनीति में जाति स्तर पर खेमे बनते रहते हैं, और आप कितना भी मिलनसार बनने की कोशिश करते रहें, आपको जातिवाद का तमगा जाते ही मिल जाता है।

अगर आप सामान्य वर्ग से हैं तो आप कर्मठ व अपने काम में पारंगत समझ जाएंगे, आपको जिम्मेदारी के कार्य सौंपे जाएंगे।। वहीं दूसरी ओर अगर आप आरक्षित वर्ग से आते हैं तो आपको आसानी से नौकरी लगने वाले व्यक्ति के नजरिए से, कमजोर व कार्य अकुशल ही समझा जाता है।

खैर छोड़िए , तो रमेश कुमार किसी तरह से अपना समय व्यतीत करता। जो भी कार्य मिलता उसे खत्म करके अपनी पढ़ाई करने की कोशिश करता।

⌒⌒

एक दिन दोपहर के 2:00 p.m. मौसम सुहाना था, घने बादल घिर आए थे, बरसात करने को आतुर।

रमेश ने बाहर चाय की टपरी पर जाकर चाय पीने का सोचा।।

"अंकल जी, कड़क चाय, चीनी कम "- इशारे में चाय वाले अंकल को बताते हुए रमेश ने कहा ।

"और बेटा ! मन रमा की नहीं ?"

चाय बनाते हुए अंकल ने पूछा।

रमेश ने अखबार पलटते हुए कहा -"कहां लगा ,अंकल जी! बस आप ही की चाय ने रोके रखा है"- चाय की चुस्की लेते हुए रमेश ने कहा।

रमेश ने देखा उसके सामने बुजुर्ग दंपत्ति आते हैं ।बुजुर्ग महिला को हाथ का सहारा देते हुए वृद्ध ने उन्हें आराम से बिठाया और इशारे में दो चाय के लिए बोला ।

"अरे भागवान !तुझसे कहा ना था, धूप खाना और कल आना ,के अलावा ऑफिस से कभी कुछ मिला है भला, पर नहीं तुम्हें लगता है बुढढा तो मस्ती करता होगा, जाता है रबड़ी खाता होगा।"

"अरे वहां बाट देखते-देखते परेशान हो जाती हूं ,बार-बार यही सोचती रहती हूं कि आज काम हो गया होगा पर बदनसीब हमारे"- ललाट पर हाथ को पीटते हुए बुजुर्ग महिला ने कहा।

"अरे भागवान !क्यों परेशान होती हो ।जो लिखा है, वह तो भुगतना ही है ,बस उसी की लीला है सब"- ऊपर की ओर एकटक दृष्टि से देखते हुए वृद्ध ने कहा।

"लो जी बाबा साहब दो चाय। आप क्यों परेशान होते हो? ऑफिसों के चक्कर और कचहरी के चक्कर जिस घर में पड़े, उस घर के तो देवता भी नाराज हो जावे हैं अम्मा !" चौधरी साहब (चाय वाले चाचा) ने चाय पकड़ाते हुए कहा।।

साड़ी में बैठी वृद्ध महिला ने थैले में स्थित फाइलों की ढेर में से टिफिन निकाला और एक कटोरी में चाय डालकर फूंक मारते हुए, एक हाथ से सर पर पल्लू को साधते हुए पीने लगी।।

रमेश की चाय खत्म हो चुकी थी परंतु हवा बहुत ठंडी चल रही थी साथ में वयोवृद्ध दंपति को लेकर उसे उत्सुकता भी थी।।

" चौधरी साहब ! आप तो जानते होंगे यहां ऑफिस में किसी जानकार को, बड़े परेशान हो रहे हैं जी"- चाय पीते हुए वृद्ध ने चौधरी जी को बड़े दया भाव से पूछा।

" अरे बाबा साहब मैंने बताया था ना आपको ,अब बाबू को ना रिश्वत दे सकते, ना कुछ कहने के। पहले थोड़ा बहुत ले देकर काम तो हो जाते थे । अब तो इन्हें भी जांचों का, रिश्वत ब्यूरो का डर सताए रहता है।"

रमेश की तरफ देखते हुए चौधरी साहब ने चुटकी लेते हुए कहा-" सही कह रहा हूं ना बाबूजी ! जो सच है वही कह रहा हूं।अब तो बस आप दुआ करिए ।काम ऊपर वाला ही करवाएगा।"

वृद्ध, रमेश और चौधरी जी सब मेघों से घिर आये आसमान की ओर देखते हैं ।

अभी भी बादल एक दूसरे से गले मिल रहे थे । तेज हवा ने साथ में बारिश आने की दस्तक उजागर कर दी थी।

वृद्ध दंपति के चले जाने के बाद में रमेश ने चौधरी जी से पूछा

" कौन थे चौधरी जी । जानकर है क्या आपके कोई?"

" नहीं बेटा पिछले 5 महीने से आ रहे हैं । ऑफिस के चक्कर में।

"वो सुरेश जी ने है ना अपने ।"

"हां हां मूंछों वाले ,लंबे कद, दाढ़ी वाले "

"हां हां वही उनके पास में है इनकी फाइल ।5 महीने से घुमा रखा है ",

"कोई परेशानी ?"

"कुछ नहीं। ज्यादा कोई समस्या नहीं है।

दरअसल एक साल पहले इनका एकमात्र बेटा रोड एक्सीडेंट में मारा गया ,उम्र मात्र 29 साल सरकारी शिक्षक था ।

नॉमिनी के तौर पर बहू को नौकरी मिलनी थी ।

अब जिस पिता ने जवान बेटा खोया हो ,भला उसे क्या होश इन आधिकारिक पूर्तियों को संपूर्ण करने का ।

काम होते-होते अब इस ऑफिस में अटक गया है।

रोज आते हैं ,कभी कुछ बहाना, कभी फाइल किसी डेस्क पर अगले रोज

किसी और डेस्क पर।"

"तो इन्होंने आगे शिकायत नहीं की " रमेश ने आवाज़ को ऊंचा करते हुए कहा।

"अरे बाबूजी !आप सब प्रक्रियाओं से अच्छी तरह से अवगत है। शिकायतें भी की गयी, परंतु जवाब भी छुटकर मिल जाता है- आपका प्रकरण प्रक्रियाधीन है। यह कह कर टाल देते हैं "-हंसते हुए चौधरी जी ने कहा।

रमेश थोड़ा परेशान हुआ और ना चाहते हुए भी कह दिया-" कुछ पैसे दे दें ,जल्दी हो जाए शायद। चौधरी जी-वही तो आजकल जांचों के चक्कर में सब डरते हैं बाबूजी, लेते भी नहीं है और कार्य करते भी नहीं है और जब कागजात पूरे हो तो ऑफिशियल पॉलिटिक्स आड़े आ जाती है ।

यादव जी यादवों के कामकाज करते हैं।

शर्मा जी अपने जात वालों को ही नेक सलाह देते हैं। यह ठहरा रिजर्व कैटेगरी का इनकी जात का कोई है नहीं तो बस पड़ी है फाइल बस्ते में ।"

रमेश ने अपने विचारों में उलझते हुए ही आसमान की तरफ नजर डाली । बारिश की बूंदे धीरे-धीरे गिरते हुए पृथ्वी की तपस को शांत कर रही थीं। बारिश तेज़ होता देख -"चलिए अंकल जी मैं चलता हूँ।" कहते हुए रमेश ने मुस्कराहट से अलविदा ली। उस रात को पूरे समय रमेश उन्ही चेहरों के बारे में सोचता रहा।

एक संतान की इस दुनिया से जाने के बाद कैसे असामान्य तरीके से संघर्ष कर रहे हैं ।

क्या नहीं चल रहा होगा उनके जीवन में।

क्या हाल होगा उस मां का जो बेटे को तो खो चुकी है परंतु फिर भी बेगैरत दुनिया में अपने भरण पोषण के लिए पैसे के लिए मजबूर होकर ठोकरें खा रही है। किस-किस ने कोसा नहीं होगा, कौन ही बचा होगा जिसने उन्हें विचारों की कसौटी पर परखा नहीं होगा ।

उस रात को रमेश खुद से यही वादा करके सोया कि कि जो हो सकेगा वह सब कुछ उनकी मदद के लिए करेगा।

अगले दिन ऑफिस जाकर चौधरी साहब के पास जाकर कहा -"अंकल जी वह वृद्ध दंपति आए तो मेरे पास भेजना,ओके"

" ठीक है बाबूजी!"- आश्चर्यचकित होकर चौधरी साहब ने कहा ।

रमेश को पता था कि उसे हर किसी चैनल से जाना पड़ेगा तो ईगो साइड में और अपना अंतर्मुखी व्यवहार भी उसे किनारा करना पड़ेगा । इस कार्य के लिए उसे एक ऐसा व्यक्ति पकड़ना था जो ऑफिशियल सभी व्यक्तियों से सामंजस्य रखता हो और अपना कार्य करवाना जानता हो जिससे रमेश का कार्य आधा हो जाए। हालांकि कागजी कार्य व इंटरनेट से संबंधित कार्य तो उसने तीन-चार दिन में पूरा कर लिया था ।

अब बारी थी बड़े बाबू की और अधिकारी की हस्ताक्षर करने की। इस कार्य में अनुभव व मिलनसार स्वभाव वाला चाहिए था तो उसने पकड़ा यादव जी को जो उसे थोड़ा प्रेम भी मानते थे।

जैसा कि मैंने कहा था कि आप ना चाहते हुए भी ऑफिशियल पॉलिटिक्स का हिस्सा होते ही हैं।

" सुनिए यादव जी ! व्यस्त हैं क्या थोड़ी सी मदद चाहिए थी"- यादव जी को टोकते हुए रमेश ने कहा ।

"बोलिये बाबूजी।"

रमेश ने कागजों को यादव जी की डेस्क के सामने रखते हुए दिखाया । इस पर आपके हस्ताक्षर चाहिए और सर के भी ।

"यह फाइल" अचंभित होकर फाइल को उलट पलट चेक करते हुए ,उसके बाद अंदर फाइल को गहन अध्ययन के बाद चेक करने के बाद बोले -"यह तो वहीं मृतक वाली फाइल है ना इसमें बहुत गलतियाँ हैं। "

"नहीं नहीं ! सर सब सही कर दिए मैंने। नाम स्पेलिंग में अंतर था, अब मृतक आश्रित के नॉमिनी का नाम 10वीं मार्कशीट जैसा ही है"

" आप क्यों इंटरेस्ट ले रहे हैं इसमें| यादव जी ने सर को नीचे करके नजरों को चश्मे के ऊपर से निकालते हुए कहा "वो मेरे पिताजी के दोस्त हैं ।उन्होंने कहलवाया है तो, यादव जी कर दीजिए सेवा भाव का हमें भी

मौका मिल जाएगा ।"-हंसते हुए रमेश ने मक्खन लगाया ।

थोड़ी देर विचारमग्न होने के बाद यादव जी बोले

" हां हां क्यों नहीं ।अरे आप छोटे हैं सेवा तो करेंगे ही "-और 7 दिन में यादव जी ने साइन करवा कर फाइल सौंपते हुए कहा -"यह लीजिए बाबूजी हमारी सेवा का ध्यान रखना"।

सरकारी ऑफिस में चाय और मिठाई के द्वारा आप कुछ समय के लिए जात-पात सब भूल जाते हैं।

रमेश ने भी यही किया एक अच्छी सी मिठाई पार्टी सभी बाबूओं को दे डाली। कुछ समय के लिए उसे पहली बार एक परिवार जैसा लगा जो अपने गिले शिकवे भूलकर नयी यादें बना रहे थे। और कल का क्या ही पता। कल की कल देखा जाएगा। यह सोचते हुए रमेश चाय की चुस्की ले रहा था और उन बाबुओं को हंसी ठिठोली करते हुए देख रहा था जो ऑफिशियल पॉलिटिक्स के चलते खेमों में बँटे हुए थे ।

"प्रशांत बाबूजी आप ही हैं ?"-

बुजुर्ग दंपति साथ में खड़े थे ।अपनी वही फाइल लेकर जो रमेश ने चौधरी साहब को सौंप दी थी ।

"नमस्ते अम्मा जी !नमस्ते बाबा साहब! बैठिये "- रमेश ने एक कुर्सी देते हुए ,दूसरी कुर्सी को खींचते हुए कहा।

उन्होंने हाथ के इशारे से मना कर दिया और वृद्ध महिला आगे आकर दोनो हाथों को फैलाकर बोली-" लख-लख जियो बेटा "

अम्मा ने दोनों हाथों से रमेश के बालों पर हाथ रखते हुए आशीर्वाद दिया रमेश ने भी आशीर्वाद स्वीकार करते हुए अपने चेहरा नीचे किया।

"बेटा जी नए लगते हो ऑफिस में "

बाबा साहब ने पूछा ।

"हां हां जी कुछ महीने ही हुए हैं ।"

"हमने तो हार मान ली थी ।

सोचते थे, क्या गलत हुआ भगवान ने बेटा छीन लिया ।जब समय के घाव भरने लगे तो ऑफिस के चक्कर, बार-बार वही बातें बेटे के गम को और हरा कर देती ।

शर्म तो बहुत आती जवान बेटा खो दिया । दर-दर पैसे मांगे फिर रहे हैं

"- आंखों से आँसू ढुलते हुए बाबा ने हाथ जोड़ते हुए कहा ।

"यह आपका हक है । इसमें बिल्कुल भी शर्मिंदा मत हों । जल्दी पैसे आपके खाते में आ जाएंगे और ऑफिशियल ऑर्डर भी एक पढ़े-लिखे आश्रित को बाबू की सरकारी नौकरी हेतु । "

बुजुर्ग दंपति के चेहरे के भाव अकथनीय थे ।

दोनों दंपति एक दूसरे की ओर भावुक और खुशी से देख रहे थे।

अम्मा बोली-" बेटा तुम्हें तो इस ऑफिस में हमारे लिए ही भेजा है। हर रोज प्रार्थना करती थी ,आज जैसा भगवान पर यकीन कभी नहीं हुआ। अगर कहीं भगवान का अस्तित्व है तो वह तुम जैसा ही होगा । "

हाथ जोड़कर रमेश ने कहा -" अरे आप मुझे शर्मिंदा मत कीजिए । यह हमारा कर्तव्य है ।इन सब की भी गलती नहीं है " रमेश ने चाय पार्टी मिठाई खाते हुए ग्रुप में से खड़े बाबूओं की ओर इशारा करते हुए कहा-" कोई उधारी से परेशान है, कोई बेकार पड़ी संतान से परेशान है कोई बच्ची की फीस से तो कोई परिवार की जिम्मेदारी को पूरा आर्थिक रूप से नहीं निभा पा रहा है। किसी ईमानदार व्यक्ति को फंसा दिया है तो वह परेशान है ।इसलिए जटिल प्रक्रिया से गुजरते गुजरते बाबू की डेस्क पर फाइल इधर-उधर होती रहती है ।

ना महंगाई के अनुसार इन्हें वेतन मिलता है, ना ही इज्जत अब 10 में से चार खराब है ,तो पूरा तालाब भी खराब लगने लगता है ।

खैर छोड़िए ,अब आपको फिक्र की जरूरत नहीं है। सब कुछ हो चुका है भगवान की कृपा से ।"

"भगवान खुश रखे बेटा ! धन्य हो तुम्हारे संस्कार ,तुम्हारे मां-बाप |"

हाथ जोड़ते हुए वृद्ध दंपति रमेश को बार बार आशीर्वाद दिए जा रहे थे।

रमेश उन्हें ऑफिस के गेट तक छोड़ते जाते हुए यही सोच रहा था ,यही पल था जिसको वो डॉक्टर बन के कमाना चाहता था । लोगों की पीड़ाएं हरना फिर भले ही पीड़ा शारीरिक हो यह जरूरी नहीं है। मानसिक या सामाजिक भी तो हो सकती है ।

आज रमेश को पहली बार अपने पद की महत्ता पता चल रही थी । जिस पद को वह अपनी नजरों में इतना उबाऊ और नीचा समझता था लेकिन आज उसे इस पद को देने हेतु वह भगवान को धन्यवाद दे रहा था । सच

ही कहते हैं, कोई भी कार्य छोटा, बड़ा नहीं होता है ।
व्यक्ति की नीयत अगर अच्छी है तो आप प्रत्यक्ष या अप्रत्यक्ष रूप से परिवर्तन ला सकते हैं।

5

सामान्य ही असामान्य है।

"जब मैं अपने आसपास तुलनात्मक रूप से सुख संसाधनों को मापता तो पिताजी को लेकर गुस्सा तो आता था पर पता नहीं कितने अनगिनत सपने, आकांक्षायें उन्होंने मेरे लिए खत्म कर ली और आज तक मैंने उन्हें शुक्रगुजार तक नहीं किया।

कभी छोटा सा होकर सोचता था कि मैं पिताजी की तरह सामान्य शिक्षक नहीं बनूँगा। अब समझ में आने लगा है कि जिंदगी की भागती कश्ती में सामान्य में जिसने सुख ढूंढ़ लिया तो असामान्य पाने का कष्ट तो नहीं होगा और कोशिश करना मायने रखता है।
"

रमेश अपने कॉलेज के दोस्तों के साथ चाय की टपरी पर बैठकर भविष्य में उनके द्वारा चुने जाने वाले रोजगारों पर चर्चा कर रहे थे, कि कौन सा रोजगार या नौकरी बेहतर है।

समय था दोपहर के 2:30 बजे, सभी दोस्त कॉलेज से आते समय इसी

टपरी पर चाय पीते हुए अपने-अपने रास्तों की ओर निकल जाते थे ।

"अंकल जी !चार चाय कड़क और चीनी कम"- इशारे से रमेश ने कहा।

"नहीं नहीं ,तीन में शक्कर अच्छे से मिलाना ।एक फीकी ही कर देना ।"- हंसते हुए विशाल ने कहा " अबे ! शुगर के मरीज तू ही पी कम शक्कर की "-सुमित कुमार ने कहा।

सभी छात्र वनस्पति शास्त्र में परास्नातक कर रहे थे और कॉलेज स्टूडेंट का दार्शनिक समय चाय की टपरी से ही शुरू होता है और अगर अंत भी यही से हो रहा है तो आप परिपूर्ण सामाजिक बैचलर छात्र की श्रेणी में आते हो।

चाय की चुस्कियों के आगमन से उदर रस आक्रामक हो जाते और आह्वान करते भूख को शांत करने के लिए।

मनुष्य मन को कहां टाल पाया है, इतने में कोई सिगरेट मांगता तो कोई बिस्किट तो कोई मठरी ।

चार दोस्तों में से दो सुमित और विशाल थे जो धूम्रपान करते थे, रमेश और अनिल ज्ञान भले छोड़ने का देते हों , परंतु बीते सालों में उन्होंने भी हार मान ली थी ।

"भाई लोगों सीधी सी बात है, मैं तो नेट की तैयारी करूंगा वह उत्तीर्ण हो गया तो स्कॉलरशिप भी मिल जाएगी ।

उसके बाद कहीं ना कहीं शोध विभाग में नौकरी निकलती रहती हैं"- सुमित ने धुआं उड़ाते हुए कहा।

" भाई गलतफहमी है ,नेट के बाद ph.d करते हुए 5-6 साल समय दो । इतना समय नहीं है ,मेरा तो पहले से दो-तीन साल मेडिकल की तैयारी में खराब हो गए हैं । "- रमेश ने गोल घेरे में बैठे हुए सभी दोस्तों को बारी-बारी से देखते हुए कहा।

" रमेश सही कह रहा है ग्रामीण परिवेश में पहले से ही कई जिम्मेदारीं होती है ।कुछ दिनों बाद नौकरी का प्रेशर आने लगता है फिर शादी का-" इतने में ही विशाल ने सुमित द्वारा बढ़ाई गई सिगरेट को हाथ में लेते हुए कहा,- " अबे ! नौकरी तो लग जा पहले, शादी तो तब होगी ना ।

" तो पागलों परास्नातक करने की क्या जरूरत है ,जब संबंधित विभाग

में जाना ही नहीं चाह रहे हो तो ? "- सुमित ने कहा ।

" भाई चाहने वाली बात अब खत्म हो गई है । अब तो बस भरण पोषण और जीवन यापन रखने वाली बात है । "- रमेश ने कहा ।

इतने में ही अनिल ने बीच में टोका, " मुझे तो यार सिविल सेवा की तैयारी करनी है पर इतनी सारी विषयों के मिश्रण को देखकर रुक जाता हूं वरना भाई रुतबा और पैसा दोनों ही भरपूर है ।"

" रुतबा तो सामाजिक परिवेश ने बढ़ाया है वरना प्रोफेसर की सैलरी एक I.A. S से ज्यादा होती है ।" विशाल ने कंधे उचकाते हुए कहा ।

" बात सैलरी की नहीं है। पैसों से किसी का पेट नहीं भरता है । जितना आता है,उतना ही और चाहिये होता है । हमारे यहां कहावत है पूत सपूत तो क्यों धन संचय, पूत कपूत तो क्यों धन संचय ।-" रमेश थोड़ा उदास मन से बोला ,और सोचते हुए बात आगे बढ़ाई- ,"बात है स्थायित्व की, खुद को साबित करने की । जब से मेडिकल क्षेत्र में मात खाई है, कोई बड़ा सपना देखने की हिम्मत ही नहीं होती। सच तो यह है कि समाज में पैसे वालों को इज्जत व सरोकार है वरना अगर आप भीड़ की तरह आम हो तो जिंदगी के हर कदम पर आपके संघर्ष करना पड़ेगा ,फिर चाहे वह अस्पताल की कतार हो या सरकारी दफ्तरों की दहलीज । आपको हर जगह एहसास दिलाया जाएगा कि तुम आम व्यक्ति हो । हर समय डर रहता है कि महीना खत्म होने वाला है, कभी महीने की EMI भरो तो कभी खर्चों की परिपूर्ति के लिए जगह-जगह से उधर मांगो ,"- तीन दोस्त एक दूसरे को देखते हुए रमेश के गुस्से को महसूस कर रहे थे ।

माहौल आनंदमय से परिवर्तित होकर गमगीन होने ही वाला था कि सुमित बीच में बोल पड़ा ," अबे ! क्या हमेशा रोता रहता है, छोड़ो सब बेकार की बातें हैं ।सच तो यह है कि पैसा उतना होना चाहिए जिसे इच्छाओं की भली-भांति पूर्ति हो जाए ,भरण पोषण हो जाए । कहीं से मांगना ना पड़े बस ,और हां इच्छाओं से तात्पर्य मेरा सामान्य जीवन के संसाधन मात्र से है ना की गाड़ी, भोग विलास से है । "

"भाई फिर तो शिक्षक की नौकरी सबसे उचित है "-अनिल ने आंख चमकाते हुए कहा ।

"हप्प ,तू बन शिक्षक ,मुझे नही बनना ।" मुंह बनाते हुई सुमित ने कहा।

चाय का कप नीचे रखते हुए रमेश ने पूछा,"क्यों भाई ,समाज में सबसे प्रतिष्ठित पद है, आप देश का भविष्य संवार रहे होते हैं । जो युवा भविष्य का सारथी होता है अगर आप उसके मानसिक एवं समग्र विकास को परिवर्तित कर रहें हैं तो जाहिर सी बात है देश का भविष्य भी उज्जवल होगा । "

"अरे हां !" -उपहास में सुमित ने कहा -" मेरा भाई टीचर ही है, उसकी हरकतें देखता हूं तो लगता है बेरोजगार रह जाऊंगा, टीचर नहीं बनूँगा ।

रमेश कुछ बोलता उससे पहले ही सुमित ने डंठल पकड़कर बची हुई सिगरेट से दो कस लगाते हुए कहा -" मुझे पता है ,तेरे पिताजी भी टीचर हैं रमेश पर ज्यादातर प्रतिशत में शिक्षक कामचोर ,बचकानी हरकतें करने वाले ही होते हैं ।"

"यह तो है भाई । मैं भी देखा हूँ, गांव के स्कूल में टीचरों में सबसे ज्यादा विभागीय पॉलिटिक्स होती है । कुछ लोगों से ज्यादा काम करवाया जाता है तो कुछ चहेते लोगों को फायदा और भाई इनकी लड़ाइयां देख लोगे ना तो दंग रह जाओगे।

विशाल मुंह बनाते हुए अभिनय करने लगा ,"यह मेरे जॉब चार्ट में नहीं है । यह चार्ज मैं नहीं लेने वाला । मुझे इस क्लास का कक्षाध्यापक क्यों बनाया गया है । " अट्टाहस के साथ सभी दोस्त हंस पड़ते हैं।

रमेश कहता है," बात तो सही है, पर अच्छे शिक्षक भी बहुत है जो जिम्मेदारी और दायित्वपूर्ण तरीके से शिक्षण कार्य करवाते हैं और लड़ाइयां तो हर विभाग की कहानी है ।

विभागीय पॉलिटिक्स हर जगह है और जीत इसमें चाटुकारों की ही होती है । "

"खैर छोड़ो देर काफी हो गई है ,बस भी आने वाली है, चलो निकलते हैं "-सुमित ने टोकते हुए कहा । सभी दोस्त हाथ मिलाकर विदा लेते हुए गंतव्य को निकल जाते हैं।

~

" बेटा सुन तो खाना कहां भूले जा रहा है ,"-48 साल से अधिक उम्र की महिला ने रमेश को टोकते हुए कहा।

" धन्यवाद मां ,मैं तो जल्दी में भूल ही गया था "-टिफिन को पकड़ते हुए रमेश ने मां की आंखों में आंखें डालकर मुस्कान देते हुए कहा।

देश में अनगिनत की संख्या में बेरोजगार है जो या तो हार मान चुके हैं कि उन्हें मजदूरी या छुटकर काम करके ही जीवनी काटनी पड़ेगी । एक श्रेणी उनकी है जो अभी स्थायित्व की दौड़ में नौकरियां, रोजगार की तलाश हेतु प्रतियोगी परीक्षाओं की तैयारी कर रहे हैं और एक उच्चतम श्रेणी आती है जो रोजगार पाकर भी खुद को बेरोजगार समझते हैं। इस श्रेणी को सबसे विचित्र कहा जा सकता है।

भला इस बेरोजगारी के दौर में कोई स्थाई रोजगार पाना मानो प्यासे को पानी ,बूढ़े को जवानी मिलने जैसा है ।

रमेश स्वयं को इसी श्रेणी में ही पाता है । जब व्यक्ति योग्य हो प्रतिभावान , दक्ष हो परंतु कार्य उसे जब उसकी पसंद का या योग्यता अनुसार ना मिले तो वह बेबस ,संकुचित सा महसूस करता है।

बस सड़क पर सरपट दौड़े चली जा रही थी। बस पूरी भरी हुई थी । कुछ लोग बैंक के कर्मचारी थे ,कुछ शिक्षक थे और कुछ स्कूल कॉलेज के छात्र ।

रमेश खिड़की वाली सीट पर बैठकर पीछे भागते हुए पेड़ों को देख रहा था । जैसे बच्चों को सौ मनुहार करने पर खिड़की की सीट मिल जाती है ,उस जैसे प्रसन्नचित होकर पीछे जाते हुए पेड़ और झाड़ियां को देख रहा था । "और रमेश जी ! क्या हाल है ? "- रमेश के पास में बैठते हुए समवयस्क व्यक्ति ने कहा ।

रमेश ने मुँह मोड़ा और हाथ मिलाकर बोले- " अरे अभिमन्यु जी ! बहुत दिन बाद दिखे ।

हमारे तो जी वही हाल-चाल हैं । आप सुनाइए" -गर्म जोशी से पूछा ।

"दरअसल,मैं पहले वाली गाड़ी से चला जाता हूं । आपसे भी आगे जाता

हूं ना 30- 40 किलोमीटर ,तो सही समय से विद्‌यालय पहुंच जाता हूं । "

प्रतिदिन क्रमबद्‌ध रूप से कई विभागों के लोग इसी तरह से आवागमन करते थे । भले ही एक दूसरे को व्यक्तिगत रूप से जान पहचान नहीं थी परंतु चेहरे से एक दूसरे को भली -भांति ही जान चुके थे । आंखों ही आंखों में नमस्ते सलाम भी हो जाती थी । रमेश घर से 40 -50 किलोमीटर दूर पर एक सरकारी स्कूल में अध्यापक था ।

परास्नातक हुए 3 साल बीत चुके थे । इस लंबे दरम्यान में चारों दोस्तों की जिंदगी में बहुत बदलाव आ चुका था ।

रमेश की नौकरी को 3 साल होने को आए थे । सुमित एक प्राइवेट संस्थान में शिक्षण कार्य कर रहा था ,साथ में अपनी पीएचडी भी कर रहा था। फोन पर सारे दोस्त एक दूसरे से हाल-चाल लेते रहते थे पर इकट्ठे होकर कहीं बैठ पाए ऐसा समय किसी के पास नहीं था । एकमात्र अनिल था ,जो सरकारी नौकरी की तैयारी हेतु अभी भी प्रतियोगी परीक्षाओं की तैयारी कर रहा था । विशाल आबकारी विभाग में बाबू के पद पर कार्य कर रहा था। सब कहते जरूर थे कि हां अबकी बार मिलेंगे समय मिलने पर आपकी बार सभी बैठते हैं साथ में, परन्तु जिंदगी की व्यस्तता के तहत किसी के पास समय ना होता ।

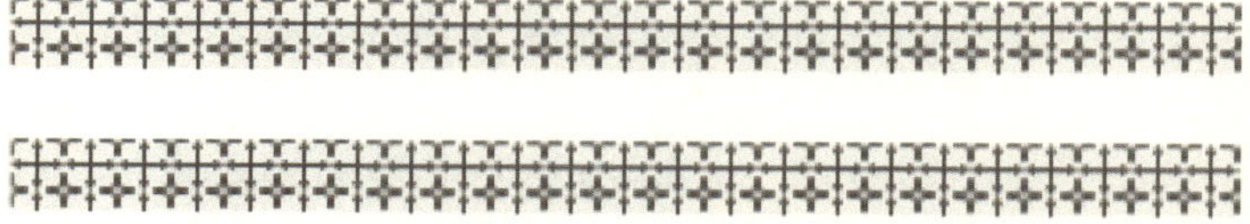

"क्या सोच रहे हो ?कई दिन से देख रही हूँ । चुपचाप से रहते हो ,ना बात करते हो । बस खुद में ही खोये रहते हो ।" अंशुमन ने ख्यालों में खोए हुए रमेश को टोका । अंशुमन रमेश की महिला दोस्त थी, ,जो एक विवेकशील ,समझदार थी। वह प्रशासनिक सेवाओं में जाने हेतु तैयारी कर रही थी ।

कई बार रमेश हताश होता कि जिंदगी में इतनी मेहनत की,इतनी पढ़ाई की ,परंतु जिज्ञासानुसार अर्जित नहीं कर पाया ।

जो असामान्य व चुनौतीपूर्ण पद , वह रोजगार हेतु पाना चाहता था ,वह उसमें असफल हो गया । परंतु अंशुमन को देखते ही वह जिंदगी से गिले शिकवे करना भूल जाता । वह ऐसी दोस्त देने के लिए भगवान को भी धन्यवाद करता ,वह पिछले पाँच साल से मित्र थे। वह भी रमेश जैसे वनस्पति विज्ञान में परस्नातक थी।

" नहीं ,कुछ नहीं सोच रहा था कि कभी सोचा था कि , जिंदगी में सामान्य से हटकर असामान्य करूंगा और अब भीड़ की तरह वही 9 से 5 वाली जॉब में फस गया हूं "-कोल्ड कॉफी को स्ट्रा से खींचते हुए रमेश ने कहा ।

" तुम ना ....".इशारे से रोकते हुए अंशुमान ने खाने का टुकड़ा अंदर लेते हुए कहा ,-" तुम्हारी सबसे बड़ी समस्या है तुम बहुत ज्यादा सोचते हो । जो भगवान ने दिया है उसमें संतोष क्यों नहीं रख सकते हो ?

"संतुष्ट हो जाना हार मानने जैसा है और कहीं ना कहीं तो मैं संतोष किया ही हूं । पहले मेडिकल में डॉक्टर बनकर लोगों की सेवा करना चाहता था। वहां भी अवसर नहीं मिला अभी भी लग ही रहा हूँ ना , कहीं ना कहीं कोई उच्च प्रतिष्ठित पद प्राप्त करने हेतु ।"

रमेश ने भावुक होकर झुंझलाते हुए कहा ।

"कहीं ना कहीं मत लगो रमेश । शुक्र करो तुम्हारी एक नौकरी भी है ,वो भी सरकारी । एक इंटरेस्ट देखो ,तुम जहां जाना चाहते हो। कौन सी चीज से तुम्हें सुकून मिलता है । कौन सी चीज को तुम बहुत देर तक कर सकते हो। फाइंड योर पैशन ।"-

अंशुमान ने आंखें बड़ी करके समझाना चाहा।

थोड़ी देर तक रमेश और अंशुमान रेस्टोरेंट में टेबल पर चुप बैठे रहे ।

"सर ! और कुछ लेंगे ?"- वेटर ने झुक कर मुस्करा कर पूछा ।

"नहीं धन्यवाद । आप बिल ले आएये ।" रमेश ने घड़ी देखते हुए कहा ।

वेटर जाने वाला था । इतने में अंशुमन ने तपाक से पूछा- "माफ करना भैया ! क्या मैं आपसे कुछ पूछ सकती हूं ?"

"जी हां मैम ,क्यों नही ।"

"आपने पढ़ाई में क्या किया हुआ है ?"

"सॉरी ? "

" आपकी एजुकेशन कहां तक हुई है ?"

वेटर सहमते हुए रमेश और अंशुमन को निहारता है और कहता है," जी, मैं बीएससी नर्सिंग कर रहा हूं। पार्ट टाइम जॉब में यहां काम कर लेता हूं ,

थोड़ी सी आर्थिक मदद परिवार को भी मिल जाती है।"

"thats great"- अंशुमन ने रमेश को चिढ़ाने हेतु आंखों की त्योरियां चढ़ाकर रमेश को देखा।

वेटर के चले जाने पर अंशुमन ने कहा," सब के अलग-अलग संघर्ष है रमेश। जिंदगी में जरूरी नहीं है सब कुछ हमें मिल जाए । हां मानती हूं ,जब हम इतनी दिन-रात मेहनत किसी चीज को पाने हेतु करते हैं और वह फिर भी नहीं मिल पाए तो सब कुछ बेकार सा, नीरस सा लगता है पर क्या तुमने कभी शुक्रगुजार किया है कि तुम्हारी पारिवारिक आर्थिक स्थिति औरों से कहीं बेहतर है।एक स्थायित्व हेतु नौकरी भी है । क्या तुम्हारे माता-पिता ने कभी भी अपनी तरफ से कोई कमी महसूस होने दी है ? जो है हमारे पास दरअसल वह हमें बेमुल्य सा लगता है । हमने हमारे पास स्थित अमूल्य संसाधनों को कभी गंभीर रूप से समझा ही नही है । वह हमें बेकार से लगते हैं । वही वो किसी और को बेशकीमती लगते हैं । जब तुम जिंदगी के सामान्य में भी असामान्य खोजोगे तो नीरसता, असफलता से जूझने का साहस भी अपने आप मिल जाएगा और संतुष्ट करना हार मानने जैसा नहीं है । LET GO, जाने देने वाला भाव भी होना चाहिए । आपने अपनी तरफ से पूरी मेहनत की ,जी जान लगाकर मेहनत की । जब आपको उसमें सफलता नहीं मिली तब आपको अपने सभी विकल्प दोबारा से देखने चाहिए । आप कौन से क्षेत्र में और अच्छा कर सकते हैं।," एक ही सांस में अंशुमान ने अपना पर्स लेते हुए खड़े होकर कहा ।

रमेश बस चकित और असहज सा होकर सुन रहा था ।

रमेश अंशुमन से मिलने के बाद गहन चिंतन में था । सोचते हुए की अंशुमन सही तो कह रही थी कि मैं ही पागल हूं जो असामान्य बनने हेतु सामान्य को भी नहीं जी पा रहा हूं । और सबसे उम्दा बात तो सामान्य बने रहने की है । लक्ष्य रखना जरूरी है परंतु लक्ष्य के पीछे भागते हुए जिंदगी के समानांतर को ठुकराना तो बेवकूफी ही कही जाएगी । सफर

ही मजेदार नहीं होगा तो मंजिल पाने का भी क्या फायदा ।

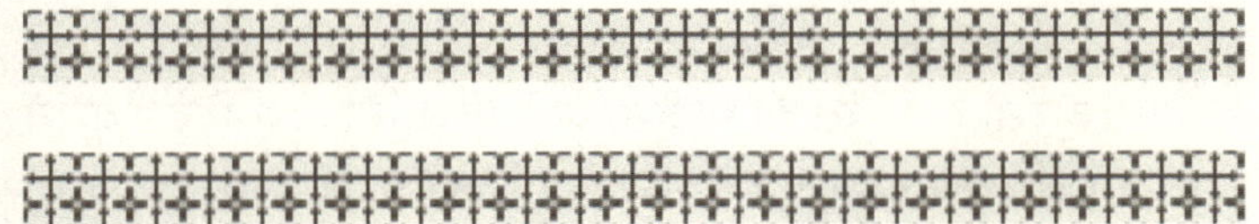

सोचते सोचते रमेश घर पहुंचता है मम्मी दरवाजा खोलते हैं ,पिताजी डिनर टेबल पर बैठकर न्यूज़ देख रहे होते हैं ।

" अरे आओ बेटा ! इतनी देरी कैसे हो गई।"

" अरे वो पापा ! दोस्त मिल गए थे तो कॉफी पीते - पीते, बात करते-करते लेट हो गए पता ही नहीं चला ,"-हंसते हुए रमेश ने कहा, रमेश अपने पिता की ओर देखकर सोचने लगा पता नहीं कितनी बार मैंने गुस्से में कहा था कि आपने किया ही क्या है हमारे लिए ।

जब मैं अपने आसपास तुलनात्मक रूप से सुख संसाधनों को मापता तो पिताजी को लेकर गुस्सा तो आता था पर पता नहीं कितने अनगिनत सपने, आकांक्षायें उन्होंने मेरे लिए खत्म कर ली और आज तक मैंने उन्हें शुक्रगुजार तक नहीं किया।

कभी छोटा सा होकर सोचता था कि मैं पिताजी की तरह सामान्य शिक्षक नहीं बनूँगा । अब समझ में आने लगा है कि जिंदगी की भागती कश्ती में सामान्य में जिसने सुख ढूंढ़ लिया तो असामान्य पाने का कष्ट तो नहीं होगा और कोशिश करना मायने रखता है ।

"थैंक्स पापा !"- रमेश ने पिताजी की ओर देखते हुए कहा ।

पिताजी ने रमेश को गहरे भाव से चश्मा उतारते हुए आंखों में झाँक कर देखा और पूछा,"किसके लिए ?"।

वह ऐसे ही निकल गया अपने आंसुओं को रमेश ने गले में रोककर कहा।

रमेश के पिताजी ने भावुकता को पहचाना और तपाक से बोले," कोल्ड कॉफी थी या फिर और कुछ पीके आया है दोस्तों के साथ ?"

रमेश मुस्कराकर दिया ।

चारों दोस्तों में अनिल की शादी हो चुकी थी ,सुमित देश-विदेश घूमने में ज्यादा रुचि रखता था और बैचलर ही रहने की कोशिश कर रहा था।

" हेलो विशाल ! कैसा है ?"

"अरे रमेश ! क्या हाल है भाई "

इतने में सुमित बीच में बोला,"

हम भी हैं भाई ।"

चारों दोस्त कॉन्फ्रेंस कॉल से बात कर रहे थे ।

इतने में अनिल ने पूछा-,"भाई जयपुर कब आ रहे हो ? चाय की टपरी पर जाता हूं तभी याद आ जाती है तुम सब की ।"

" जयपुर नहीं अब तो तुम्हें मेरे यहां आना पड़ेगा जल्द ही ."-रमेश ने उत्साहित होकर कहा।

" क्यों तेरी शादी हो रही है क्या ?"- सुमित ने कहा ।

"यूं ही समझ ले"- रमेश ने तुरंत जवाब दिया।

"आज अंशुमन को प्रपोज कर रहा हूं । wish me luck !

" ओ हो क्या बात है यह तो जोरदार खुशखबरी सुनाई "-सभी दोस्तों ने बधाई देना शुरू कर दिया ।

आज तक कभी दोस्तों ने रमेश को इतना दृढ़ निश्चित नहीं देखा था ।

" अरे बाद में देना। मैं अंशुमन का ही इतंजार कर रहा हूं । वह मान जाए पहले ,फिर बाद में अनिल से शादी पर चर्चा हेतु साक्षात मिलूंगा और तुम सबको भी चर्चा में शामिल होने हेतु आना पड़ेगा । "OK DONE "- सभी ने एक सुर में कहा ।

चारों दोस्त अलविदा करते हुए फोन रख देते हैं ।

रमेश दूर से आती हुई अंशुमन को देख रहा था ।

रमेश अपनी सामान्य जिंदगी की शुरुआत करने जा रहा था ।

हर कोई जिंदगी की दौड़ में भागा जा रहा है । कोई कुर्सी के लिए , तो कोई पद के लिए तो कोई संसाधनों के लिए ।

हम मानव न होकर मशीन बन गए हैं जो पास में है उसमें संतोष रखकर जीवन का आनंद लेने के बजाय अनंत कहीं लीन है। हालांकि जिदंगी में लक्ष्य होना स्वाभाविक है परंतु जिंदगी के समानांतर तथ्यों को झूठलाया नहीं जा सकता है ।

अंशुमन जैसे कई हीरे जो जीवन के असली मायनों को समझते हैं । उन्हें सँवार कर रखने की बजाय दुख, संताप में रहकर सामान्य होना नागवार समझते हैं । असल में सामान्य होना ही असामान्य है ।

रमेश मन बना चुका था कि उसे शिक्षण कार्य करना सर्वोपरि है । वह कार्य वह बिना थके कई दिनों तक, कई घण्टो तक लगन से कर सकता है । इसीलिए उसने भविष्य में इसी क्षेत्र में और बेहतर करने का सोच लिया था।

6

पनौती

"हरिराम जी एक सरकारी कार्यालय में छोटे से पद क्लर्क के तौर पर कार्यरत थे । मन मिलनसार से विवाहित थे एवं खुशी से दाम्पत्य जीवन जी रहे थे । यूं तो उनके पास आराम की कोई कमी नहीं थी । एक कमी जो उनको महसूस होती वह अपने सौभाग्य की ।

हालांकि उनके जीवन में हादसों की परंपरा ने उन्हें दृढ़ निश्चित रूप से एक पनोती होना सिद्ध कर दिया था ।

वैसे तो कई हादसे संयोग कहे जा सकते हैं जो हर किसी के साथ संभव है , पर हरिराम जी हर एक को जिंदगी का नया अनुभव समझ कर आगे बढ़ाने में विश्वास रखते थे ।हरिराम जी आयु से भले ही वयस्क हों, परंतु मन हाव भाव से उनका चरित्र एक बच्चे से मेल खाता है जो पल भर में मुराद पूरी होने पर उछाले मारे ,दूसरे ही पल पूरे नही होने पर रण चंडी का रूप धारण कर ले ।"

हरिराम जी आयु से भले ही वयस्क हों, परंतु मन हाव भाव से उनका चरित्र एक बच्चे से मेल खाता है जो पल भर में मुराद पूरी होने पर उछाले मारे ,दूसरे ही पल पूरे नही होने पर रण चंडी का रूप धारण कर ले ।रंग

गोरा, सुडौल शरीर, व्यवहारशील परंतु अपने आप में मग्न , उम्र कोई 29 साल । जहां एक और कहावत थी कि मनुष्य एक सामाजिक प्राणी है वही हरिराम जी सामाजिक कूट प्रणालियों व परंपरागत कुरीतियों के कट्टर विरोधी थे । जहां भी मंच मिलता था वहां उनका विरोध प्रदर्शन भी जायज तरीके से लुभावना होता था और एकाकीपन के गुणों का भी जोर शोर से वर्णन करते थे ।

हरिराम जी एक सरकारी कार्यालय में छोटे से पद क्लर्क के तौर पर कार्यरत थे । मन मिलनसार से विवाहित थे एवं खुशी से दाम्पत्य जीवन जी रहे थे । यूं तो उनके पास आराम की कोई कमी नहीं थी । एक कमी जो उनको महसूस होती वह अपने सौभाग्य की ।

हालांकि उनके जीवन में हादसों की परंपरा ने उन्हें दृढ़ निश्चित रूप से एक पनोती होना सिद्ध कर दिया था ।

वैसे तो कई हादसे संयोग कहे जा सकते हैं जो हर किसी के साथ संभव है ,पर हरिराम जी हर एक को जिंदगी का नया अनुभव समझ कर आगे बढ़ाने में विश्वास रखते थे ।

हरिराम जी को भ्रमण करने का ,सैर सपाटे का बड़ा चाव था । और कहते ,"व्यक्ति को किताबों से ज्यादा भ्रमण करने पर अकथ्य वस्तुओं एवं अनुभवों का ज्ञान होता है । किशोर के समग्र विकास हेतु उन्हें साल में 1 या 2 बार भ्रमण हेतु अन्यत्र निकालना अति आवश्यक है ।" एक ऐसा ही वाकया हरिराम जी की भ्रमण के दौरान हुआ । सैर सपाटे के शौकीन हरिराम जी काम से अवकाश मिलने पर कोई नई शहर या पहाड़ों को अंकित करते और निकल जाते नये अनुभवों को जीने और जोड़ने ।उनके कार्यालय में संबंधित कार्य को और दक्षता पूर्ण करने हेतु विभाग ने नई संभावनाएं खोली ।

लेखा-जोखा में उच्चतम कोर्स वालों की पदोन्नति शीघ्र करने को कहा गया । इस मौके को सबसे अच्छे तरीके से हरिराम जी ने भुनाया और अध्ययन हेतु स्थान उन्होंने वादियों , घाटियों से परिपूर्ण ,भारत का स्वर्ग कहे जाने वाले जम्मू कश्मीर या श्रीनगर को चुना। सरकारी विभाग में नियम होता है कि नियमित नौकरी के साथ अगर आप कोई उच्चतर अध्ययन करना चाहते हैं तो इस कार्य हेतु खुला विश्वविद्यालय द्वारा

आयोजित किए गए पाठ्यक्रम ही आपको चुनने होते हैं । ऐसे ही पाठ्यक्रम को बहुत मशक्कत के बाद ढूंढ कर उन्होंने यूनिवर्सिटी आफ कश्मीर को चुन लिया था हालांकि इसकाअध्ययन केंद्र जम्मू में स्थित था ।

"इतनी दूर विदेश में पाठ्यक्रम चुनने से क्या मतलब ? जब पास में भी तो हो सकता था । "- अपनी पत्नी को टोकते हुए हरिराम जी बोले ।

"अरी भागवान ! बाहर जाएंगे हवा पानी का बदलाव होगा,मन तरोताजा होगा तो काया भी तो उत्तम रहेगी "

"बस आप ही की काया उत्तम रहे । हम यहां आपकी नौकरानी है ना ।

आप ना एक काम करिए...." मुँह बनाते हुए भव्या को बीच में टोकते हुए हरिराज जी बोले। पत्नी को नाराज कर शीत युद्ध का पल निकट आते देख हरिराम जी चपलता से बोले - ,"अरे इतनी बार जाना होगा । आपको भी तो लेकर जाएंगे घूमने । दोनों काम हो जाएंगे । एक पथ दो काज पहले ही सोच लिए थे ,इस बारे में। "

" अच्छा फिर ठीक है ,पहले बताना था ना। मैं फालतू में नाराज हो रही थी । "

"कोई ना आप धर्मपत्नी है हमारी| यह तो आपका जन्मसिद्ध अधिकार है। व्यंग्यात्मक भाव में हरिराम जी ने कहा ।

अगस्त का महीना था ,मौसम में गर्मी के साथ आद्रता भी बराबर थी जो कि राजस्थान जैसे राज्य में होना मुनासिब है।

हरिराम जी को प्रवेश फार्म व फीस जमा कराने हेतु विश्वविद्यालय की पूर्व सूचना मोबाइल पर प्राप्त हुई ।

हरिराम जी ने मोबाइल ऐप से राजस्थान से जम्मू जाने वाली ट्रेन में सफर हेतु आरक्षण के लिए सीट की छानबीन शुरू कर दी।

यूँ तो हरिराम जी ज्यादा से ज्यादा पैसे आवागमन में बचाकर वहां रुकने में होने वाले होटल में, खाना पीने से संबंधित चीजों में सामंजस्य कर लिया करते थे परंतु ऑफिस सहकर्मियों से पूछताछ कर उन्होंने तृतीय आरक्षित वातानुकूलित कोच में सीट आरक्षित करवा ली ।

कार्यालय में छुट्टियों की दो-तीन दिन की अर्जी देकर जाने की पूर्व तैयारिया मन ही मन में भुनाने लगे ।

"भव्या से कह दूंगा, पहली बार जा रहा हूं ,काम भी एक दिन का है । जान पहचान करके अगली बार परीक्षाओं में उसे घुमाने ले जाऊंगा। सही ही किया, हालांकि हजार रुपए खर्च हुए परंतु गर्मी भी तो बहुत है अच्छे से आराम भी हो जाएगा"। सोचते हुए हरिराम जी टैक्सी से उतरते हैं और पैसे देकर अपने घर का दरवाजा खटखटाते हैं ।

■◆●★

जाने का वह खास दिन भी आया । स्टेशन पर चहल कदमी थी । सांयकाल के 6 बजने आए थे पर गर्म हवा के थपेड़े उमस के साथ गोते लगा रहे थे। यात्री कतारों में टिकटों को देखकर कोच संख्या को ढूंढ रहे थे तो कई दुकानों से खाने पीने संबंधित जैसे सामानों से बैगों को भर रहे थे ।

हरिराम जी पटरी पर दूर कहीं ट्रेन को तलाशते हुए चहलकदमी कर रहे थे । भव्या भी पति को विदा करने हेतु आयी थी ।

"रुक भी जाओ जी ! बैठ जाओ, भारतीय रेल है । थोड़ी देर से ही आएगी "

"नहीं भव्या अब नहीं होता ऐसे, समय थोड़ा ही ऊपर नीचे होता है ।"

" सारा सामान ले तो लिया है ना ! खाना, पैसे ,टिकट और थोड़े से पैस अलग से भी रख लेना और........" बीच में ही भव्या को टोकते हुए हरिराम जी ने कहा,-"अरे भव्या ! मैं पहले से ही चिंतित हूँ , तुम ब्लडप्रेसर ना बढ़ाओ मेरा । पहली बार थोड़ी ना बाहर जा रहे हैं ,"

"वो तो ठीक है पर आप ही कहते हैं ना कि आप थोड़े पनौती हैं तो.......

शायद इसलिए ट्रेन.....” हरिराम जी चलते हुए रुककर हंसती हुई भव्या को देखते हैं,“याद दिला दिया ना । थोड़े नहीं है ,पूरे पनौती है फिर भी हर बार सफर पर जाने से पहले एक अजीब सी घबराहट तो रहती है है,कि कुछ गड़बड़ ना हो।”

ट्रेन की स्टेशन पर पहुंचने की सूचना सुनते ही हरिराम जी खिल उठते हैं,“आखिरकार ट्रेन आ रही है ।”

ट्रेन के आते ही सभी यात्री सीटों की तलाश में जुट जाते हैं । हल्की धक्का मुक्की बी शुरू हो जाती है, तो कहीं भावुक अलविदा हो रही होती है ।

“अच्छे से जाना । कोई कुछ खाने को दे तो खाना नहीं और ट्रेन से उतरना नहीं है अपने मूल स्टेशन के अलावा ।”

भव्या जैसे बच्चे को गुरुकुल भेज रही हो ।

“अरे मजाक मत करो यार । ”

तुम अच्छे से जाना आंखों ही आंखों में भव्या को प्यार देते हुए हाथ हिलाते हुए विदा लेते हैं। भव्या भी दूर जाती ट्रेन को देखती रहती है।

■◆•■

हरिराम जी अपनी सीट को देखते हुए पूरे कोच में से गुजर रहे थे । अंकित सीट संख्या को देखते तो कभी मोबाइल स्क्रीन पर सीट संख्या को मुकर्रर करते। “यह रही सीट SL7 ”

हरिराम जी अपने आसपास का पूरा मुआयना सीट पर सामान रखते हुए करते हैं ।

जहां सामान्य वर्ग भारतीय रेल में सामान्य ,निम्न एवं मध्यम वर्गीय समाज को इंगित करता है वहीं आरक्षित कोच उच्चतर मध्यम वर्गीय समाज का द्योतक है ।

इतने में ही मुंह बनाते हुए हरि राम जी सीट के पास में स्थित बाथरूम को देखते हैं -“ अरे यार यह तो दरवाजे के पास है । बार-बार लोग दरवाजा खोलेंगे, लगाएंगे । चलो वह तो सहन भी कर लें पर खोलते ही बाथरूम की जो बदबू मेरे नसवार तक टकराएगी,वो तो असहनीय है । चलो कोई ना अब घर से बाहर आए तो सामंजस्य तो करना ही पड़ेगा । सीट को साफ करते हुए बेडशीट बिछाते हुए हरिराम जी खुद से बात करते हुए

कहते हैं।

सोने में अभी समय था तो अपने महंगी कंपनी के जूते नीचे अपनी सीट के नीचे झुक कर खोलने लगे ।

"भव्या कह तो रही थी कि सीट पर ही रख लेना पर आसपास तो देखो, (सामने बैठे हुए परिवार को देखते हुए)सब कुलीन वर्ग के मालूम होते हैं । सीट पर यूं ऊपर रखना शोभा भी नहीं देगा और हां यह तो तृतीय श्रेणी आरक्षित कोच है । इसमें कहां ऐसी घटनाएं ....में भी पगला हूं ....नीचे सीट से ही जूतो को अंदर की ओर सरकाते हुए ,हरिराम पैरों को पूरा फैला सीट पर ऊपर बैठ जाते हैं।

" चलो थोड़ा इंटरनेट विचरण किया जाए । " - स्क्रीन को खोलते हुए बोले ।

"हालांकि हरिराम जी समय के संक्रमित क्षेत्र से आते थे । पुरातन व नवीन कल के बीच के समय के । कोई समय था जब हरिराम जी किताबों के बिना सफर नहीं कर पाते थे । पढ़ते-पढ़ते सफर का पता भी नहीं चलता था । अब आधुनिक समय में यह काम मोबाइल कर रहा था ।

●◆■●

रात्रि को जब हरिराम जी के आसपास लोग खाना खाकर सोने लगे, लाइटों को बंद होता देख हरिराम जी को यही समय खाना खाने के लिए उचित लगा

"चलो खाना खाया जाए । देखते हैं मैडम जी ने क्या बना कर रखा है ? "-बैंग में से पॉलिथीन से आवरित टिफिन निकलते हुए और पॉलिथीन की गांठ को खोलते हैं । देखते हैं एक और पॉलीथिन कवर है ,गांठों को खोलते -खोलतेहरिराम जी झुँझला जाते हैं और फोन को उठाकर भव्या को कॉल करते हैं - "हां जी ! खाना खा लिया ?"- प्यार में जागते हुए भव्या ने कहा ।

" मैडम जी खाए तो जब आपकी त्रिस्तरीय सुरक्षा प्रणाली को भेद पाए,"

" मतलब ?"

"प्रिये ! यह खाना है। इसे खोल कर खाया जाता है। मेरी भूख तो इसे खोलने में ही खत्म हो गई ।व्यंगात्मक भाव में कहा ।

"खुद ही पैक कर लिया करो ना ! आप मर्द लोगों से तारीफ का एक लफ्ज़ निकलना तो दूर , उपहास और ताने देना ही अपेक्षित है"- लाल पीले होते हुए फोन कट करते हुए भव्या ने कहा ।

हरिराम जी अपनी सफाई में कुछ पेश करते तब तक दूसरी ओर से फोन कट चुका था । खैर जैसे तैसे उन्होंने पॉलिथीन की गाँठे खोली । हरिराम जी ने सुकून से रात का खाना सीट पर आराम से बैठकर सोचते हुए खाया,"कुछ भी कहो सफर तो स्त्रियों के साथ ही रोचक होता है । पूरा किचन साथ जाता है ।अचार चाहिए तो अचार हाज़िर,आप बस इच्छा करो ,वो पूरी हो जाती है। महिलाओं का तो बस नही चलता,वरना किचन साथ में चलता है । तभी ग्रहणी सफर पर जाते समय इन्हीं कारणों से तीन-चार दिन पहले से पैकिंग करने लग जाती हैं। खाना बहुत अच्छा था फालतू में गुस्सा दिला दिया भव्या को,"- सिंक पर हाथ धोते हुए हरिराम जी बुदबुदा रहे थे।

खाना खाने के कुछ समय बाद ही हरिराम जी पटरी पर गतिशील रेलगाड़ी की धड़-धड़ की आवाज के साथ सपनों की नींद में गतिमान हो चुके थे ।

❦

सुबह के 5:00 बज चुके थे । कोच वातानुकूलित होने के कारण हरिराम जी कंबल में छुपे हुए थे । गतिशील ट्रेन पठानकोट रेलवे स्टेशन पर तीव्र ब्रेक के साथ रूकती है । झटके से हरिराम जी की नींद खुल जाती है ,उभाई लेते हुए ही कांच की खिड़की से बाहर देखते हैं,"पठानकोट कैंट रेलवे स्टेशन" बोलते हुए सीट पर बैठ जाते हैं ।

मोबाइल में समय देखकर कहते हैं ,"चलो बाथरूम चला जाए । फिर एक कड़क चाय पीकर नित्य क्रियाओं से निवृत हो जाता हूं "-खुद से बात करते हुए पैरों से इधर-उधर जूते तक पहुंच बनाते हैं । जब जूते से पैर स्पर्श नहीं हो पाते हैं तो सीट पर आगे की ओर जाेकर सेट के नीचे दाएं बाएं जल्दी से पैर चलाने लगते हैं ।

अचंभित होकर हरिराम जी बिजली भांति चपल वेग से सीट से उतरकर उकड़ू बैठकर हाथों से जूते को टटोलते हैं। सीट के नीचे से जूते गायब थे ।

हरिराम जी अचंभित होते हुए वापस सीट पर बैठकर शांति से मन को ढाँढस बनाते हैं,"व्यर्थ पगला रहा हूं । ट्रेन के रुकने या चलने पर आगे ,पीछे या चलती हुई किसी व्यक्ति की ठोकर से आगे वाली या बगल वाली सीट तक पहुंच गए होंगे । हां ऐसा हुआ भी तो है कई बार ।अभी तक आसपास हरिराम जी ही थे जो जागे हुए थे बाकी सभी सपनों में मशगूल थे।

हरिराम जी के मन को शांति मिलती है तभी विचारों के समुद्र मंथन से " मैं तो पनौती हूं "- शब्द बाहर निकलता है "-हरिराम जी झट से सीट से खड़े हो जाते हैं और मोबाइल की फ्लैश लाइट जलाकर द्रुतगति से सीटों के नीचे झांकने लगते हैं ।

अंतर्मुखी व्यवहार के धनी व्यक्ति हरिराम जी को इस समय बस जूते ही दिखाई दे रहे थे । पहले तो ऊपरी नजर से जल्दी-जल्दी देखते हुए कोच के दूसरे दरवाजे तक पहुंचते हैं । सचमुच में जूते गायब थे । वापस आते समय गहनता से जांच पड़ताल करते हुए थक हारकर अपनी सीट पर पहुंच जाते हैं।

अब हरिराम जी समझ चुके थे कि उनके जूते चोरी हो चुके हैं। यह कोई सामान्य जूते नहीं थे ।पहली दफा हरे राम जी ने इतने महंगे जूते लिए थे ,पत्नी ने शादी के बाद पहली बार इन्हें तोहफ़े स्वरूप भेंट किया था । यूँ तो शादी को साल होने को आया था, पर हरिराम जी ने गिनती से 5-6 बार बहुत ही खास मौका पर इन्हें पहना था ।

भव्या कई बार उनका इस कदर जूता प्रेम देखकर ताने दे दिया करती," भौतिक वस्तुओं की तुलना में सजीवों से प्रेम नाता करना सीखो "।

बदले में हरिराम भी कह देता," अजी ! सजीवों से कितना भी प्रेम सत्कार रखो ,धोखा दर्द भी इन्हीं से मिलता है ,वही निर्जीव वस्तुओं को जितना रखरखाव से रखोगे उतना ही बदले में तुम्हें सुकून व आराम देंगे ।" खुद को असहाय पाकर हरि राम जी ने भव्या को फोन किया ।

"....कहां पहुंचे ? क्या हुआ ?..."-नींद में अंगड़ाई लेते हुए भव्या ने कहा ।

"माफ करना नींद से जगा दिया पर यार अनर्थ हो गया |"

"अब क्या हुआ ?"

"मेरे जूते नहीं मिल रहे हैं !"

"क्या ?अरे यहीं कहीं होंगे, ढंग से देखो । कोई सामान के पीछे होंगे।"

"मैंने दो बार अच्छे से देख लिया है, भव्या लगता है, जूते चोरी हो गये."- उदास होते हुए हरिराम ने रात के बाद का पूरा वाकया एक ही सांस में भव्या को बता दिया ।

" अच्छा "

थोड़ी देर सोचने के बाद भव्या ने कहा,“ रेल्वे हेल्पलाइन नम्बर पर कॉल करो। मुझे पीएनआर नंबर भेज दो, मैं भी कोशिश करती हूं।"

हरिराम ने तुरंत फोन कट करते हुए रेलवे हेल्पलाइन नंबर पर कॉल किया । फोन पर मनमोहन रिंगटोन के साथ में बहुत देर तक कंप्यूटर बोलता रहा,हरिराम के मन में तो बस काले चैन वाले, बिना फीते के NIKE जूते घूम रहे थे । कैसे इइढलाकर चलता था, सोल इतना मजबूत व हल्का लगता मानो हवा में चल रहे हों।

हरिराम जी कंजूस नहीं थे, बस महंगी चीजे खरीदने के शौकीन थे ,जो रखरखाव करने से और ज्यादा चलती । हरिराम जी मात्रा की तुलना में गुणवत्ता का आकलन सर्वश्रेष्ठ मानते थे । Waiting में भव्या का कॉल आता देख हरिराम जी ने कॉल कट किया और भव्या से बात की,“ सुनो मैंने रेलवे हेल्पलाइन पर शिकायत कर दी है । एक बार तुम ट्विटर पर भी रेलवे ऑफिशल्स को टैग कर दो। ."

"हां यह भी सही रहेगा।"- गुस्साएहरिराम जी ने तुरंत ट्वीट किया,“ दोस्तों आपसे आग्रह करता हूं कि भूल कर भी रेलवे से यात्रा न करें । मुझे लगता था कि केवल अनआरक्षित या general कोच में ही चोरियां होती हैं । यहां तो इतने महंगे कोच तृतीय वातानुकूलित कोच में भी आपका सामान सुरक्षित नहीं है। जहां रेलवे विभाग वाले एक सीट के इतने भारी भरकम रुपए तो लेते हैं परंतु सुरक्षा की जिम्मेदारी आप ही की है रहेगी ,कहकर पल्ला झाड़ लेते हैं।

एक आम इंसान से पूछो 1000- 2000 कैसे कमाए जाते हैं । guys ! My shoes have been stolen ."

हरिराम जी ने ट्वीट करते समय रेलवे वालों को भी टैग कर दिया । वहां से भी दो-तीन मिनट में जवाब आ जाता है। हरिराम जी को इतनी शीघ्रता से जवाब की उम्मीद नहीं लग रही थी, जिसमें उनसे पीएनआर नंबर पूछा गया था । उनका मोबाइल बताने के लिए कहा गया था । यह सब भेज कर हरिराम जी सीट पर असहाय होकर बैठ जाते हैं।

सामने वाली सीट पर एक परिवार बैठा था जो काफी देर से इस चहलकदमी को देख रहा था । हरिराम जी को वो लाचारी वाली नजरों से देख रहे थे । हरिराम जी की सुबह तो खराब हो ही चुकी थी । डिब्बे में जो भी उनसे होकर गुजरता तो कहता,"भाईसाहब कुछ खो गया लगता है आपका !"

" हां जी "- अपने ख्यालों में मगन हरिराम जी ने बस सर हिलाया ।

" क्या खो गया है ?"

" जूते !"- सुनकर यात्री ने थोड़ा मुंह बना दिया तो हरिराम जी ने अगुवाई करते हुए कहा ," महंगे थे श्रीमान ,NIKE के गिफ्टेड थे और चले गए तो गए ,लेकर जाने वाला चप्पल भी छोड़कर नहीं गया ।"- सुनकर यात्री को परेशानी वास्तव में समझ आई ।

" यह तो बहुत ही गलत किया । क्या जमाना आ गया है बताओ । अब तो चोरों के भी कोई उसूल नही रहे ।"

आसपास में और भी आंटी ,अंकल कानाफूसी करते हुए आ गए

एक जनाब बोले जो हरिराम जी के सामने वाली सीट पर ही थे," अजी ! यह तो सीट है ही सबसे पनौती "

शब्द सुनकर हरिराम जी के तो घावों पर नमक डल गया । अंदर से बिलविला गए ,पर रहते क्या बस ,"हम्म सही कहा श्रीमान ! " कहकर रह गया।

" वैसे भाई साहब रात में देर तक ही सोए थे, 11:30 बजे के आसपास तो खाना खा रहे थे।"- एक महिला बोली

"जी हां आंटी जी ,वो तो मोबाइल जींस की जेब में था और बैग पांवों के नीचे नहीं तो और मुसीबत हो जाती।"

पुरे कोच में जैसे आगजनी फैल गई । जूते चोरी हुए हैं , महंगे हैं NIKE के और चोर ने चप्पल या पुराने जूते तक नहीं छोड़े। कोच में स्थित यात्रियों

को जैसे अखबार पत्र मिल गया था ।सब चोरी संबंधित अपनी घटनाओं को एक-दूसरेके साथ साझा कर रहे थे।

सुबह के 6:30 हो रहे थे पूजा एक्सप्रेस लगभग 7:45 तक जम्मू तवी रेलवे स्टेशन पर पहुंचने वाली थी । नहरें , वादियां शुरू हो चुकी थी पर हरिराम जी को यह अब कहां रास आएं।

.....................@$#%

"सीट नंबर 7 ,SL , हरिराम जी आप ही हैं "- दो व्यक्ति रेलवे पुलिस वर्दी में भीड़ को हटाते हुए पूछते हैं ।

एक व्यक्ति जिसकी उम्र 35 साल, दूसरा व्यक्ति सिर पर पंजाबी पगड़ी, लंबी घनी दाढ़ी उम्र में 48 - 50 तक होंगे ।

" जी हां ।मैं ही हूं हरिराम "

" जी आपने शिकायत की थी ,बोलिये क्या समस्या है ?"- नवयुवक ने पूछा ।

"जी हां "

दोनों रेलवे पुलिस सिपाही सामने सीट पर बैठकर पूरा वाकया सुनते हैं ।

" आप भरतपुर से हो ?"- नवयुवक सिपाही पूछता है।

"जी हां । आपको कैसे पता चला?"

"मुझे बोली से पता चला । मैं करौली से रामकिशोर मीणा आप ही के पास का हूँ ।"-मुस्कराते हुए कहा।

परेशानी के समय दूर विदेश में कोई अपना मिल जाए तो समस्या आधी सी रह जाती है । मन ही मन में हरिराम जी को सांत्वना मिली ।

सरदार जी ने कहा,"देखिए वैसे तो मैंने कई बार जायजा लिया था । रात्रि में तीन-चार बार खुद में यहां से गया था ।"-परेशान सा होते हुए उन्होंने कहा।

" जी हां आपको तो सोने से पहले मैंने गशत लगाते हुए देखा था ।" रामकिशोर जी बीच में टोकते हुए बोले ," हरिराम जी आप चिंता मत करिए । हमें बहुत खेद है पर आप फिक्र ना करिए ,आप जम्मू तवी रेलवे स्टेशन पर उतरते ही पुलिस कार्यालय में FIR कर सकते हो । अभी आप एक सादा कागज पर आपकी समस्या हमें लिख दीजिए ।"- मुस्कुराते हुए रामकिशोर जी ने कहा ।

समस्या लिखते हुए हरिराम जी भी कह रहे थे "हालांकि सर !आप भी मनुष्य ही हैं। देखने मात्र से पता नहीं चल सकता कौन व्यक्ति चोर है । इसकी जगह मेरा मोबाइल या बैग भी चोरी हो सकता था । इतने महंगे टिकट देने के बाद भी अगर यात्री का सामान सुरक्षित नहीं है तो फिर कम पैसों में सामान्य कोच् सर्वश्रेष्ठ ही है ना। "

"हरिराम जी आपकी बात तो सही है । जैसा कि आपने कहा ,चोरी प्रक्रिया के दौरान हमने कई बार रोका है पर होने के बाद आप किसी के बैग में झाँक नहीं सकते हैं । " पंजाबी श्रीमान ने कहा।

हरिराम जी भी यह बात अच्छे से समझते थे । अपने ऑफिस में एक ही डेस्क पर पड़ी हुई फाइलों के ढेर में से उन्हें एक फाइल ढूंढने में बहुत समय लग जाता था । यहां तो इतना बड़ा कोच और इतने सारे लोग ।

"वैसे यह न अंबाला और लुधियाना स्टेशन के बीच में ही कहीं हुआ है ,वहां बहुत चोरी होती है जूते चप्पलों की । "
कोच में आसपास बैठे सभी लोगों के मुंह से एक स्वर में निकला," चप्पल भी " और हंस दिए । रामकिशोर मीणा जी ने फट से फोन निकाला और फोन में फोटो दिखाई । जिसमें वह चप्पलों को उसके मालिक को सौंपते हुए नजर आ रहे थे ।
"जी हां सर ! पैसेंजर मिल गया है । हां जी सर शिकायत लिख ही रहे हैं। "- वॉकी टॉकी पर जवाब देते हुए कहा ।
हरिराम जी को सभी कोच यात्री एक टक होकर असहाय नजरों से देख रहे थे, तो कुछ स्टेशन आने वाला था इसलिए सामने सामान को व्यवस्थित करने में लगे थे ।
हरिराम जी ने कंप्लेन लिखने ही शुरूआत की ही थी ।
"अरे सर !हिंदी में लिखिए । "-राम किशोर ने टोकते हुए कहा ।

दोनों सिपाही एक दूसरे की आंखों में प्रशंसक निगाहों से देखते हैं । हरिराम जी ने सोचा अंग्रेजी में लिख देता हूं ताकि कंप्लेन में कुछ वजन आए ।
" क्या करते हैं श्रीमान जी ?"- रामकिशोर जी ने पूछा ।
"शिक्षा विभाग में बाबू हूं ।"-राम किशोर जी ने आगे पूछा "सरकारी बाबू ?"

"जी हाँ "

"यहां कहां जाना है आपको ?।"

" जी दरअसल, मैं जम्मू भटिंडी सेंटर ऑफ यूनिवर्सिटी आफ कश्मीर में अपना एग्जाम फॉर्म व फीस जमा करने आया हूं । मेरे पास ज्यादा समय नहीं होगा थाने पर FIR लिखने हेतु । वैसे भी अब कोई फायदा भी नहीं है ,मेरे जूते तो गए ।"- हरिराम जी ने कहा ।

हरिराम और रामकिशोर जी अपने क्षेत्र विशेष का और परिचय व चर्चा जारी रख रहे थे ।

हरिराम जी के दिल पर जैसे शर्म का पहाड़ टूट रहा था। नंगे पर उतर कर जाना पड़ेगा, खैर एक बार निकालने के बाद आसपास से ही चप्पल या सैंडल ले लूंगा । भव्या ने तो कहा भी था स्लीपर ले जाने की ,मैं ही जिद्दी हूं । भुगत रहा हूं अभी । "

"हरिराम जी ! चलिए "- रामकिशोर जी ने विचारों के चक्रवात में से हरिराम जी को बाहर निकाला ।

उन्होंने अपना बैग उठाया और नंगे पैर गेट पर खड़ी भीड़ में शामिल हो गए । आस पास खड़े लोग हरिराम जी को पैरों से ऊपर तक निहार रहे थे । हरिराम को लग रहा था जैसे उसने कपड़े नहीं पहने हुए ।

जैसे ही ट्रेन रुकी सामान्य धक्का मुक्की, हो-हल्ला शुरू हो गया । मन भारी करके हरिराम जी उतरे और रामकिशोर जी से बोले," मुझे कॉलेज भी जाना है । आप तो कोई शूज या स्लिपर शॉप पर ड्रॉप करवा देना ।"

"तो फिर FIR ?"

"अभी तो समय नहीं है SIR, वापसी में आते समय देख लूंगा ।" हरिराम जी जहां एक और ऊपर वाले से नाराज थे वहीं दूसरी तरफ इस बात की तसल्ली थी कि कोई साथी बात करने वाला अपनी तरफ का मिल गया । ज्यादा शर्मिंदगी अब नंगे पैर चलते हुए महसूस नहीं होगी।

बातें ही बातों में स्टेशन से बाहर निकलते ही एक और फलों सेवों, बेकरी की दुकान के पास जूतों की दुकान देखी ।

हालांकि ज्यादा वैरायटी नहीं थी । हरिराम जी मन मसोस कर रह गए तभी रामकिशोर जी बोले-," अरे बाबूजी आपको पसंद नहीं आ रही है तो

रहने दीजिए । अभी मुख्य मार्केट तो बंद होगा । आप मेरे क्वार्टर चलिए । फ्रेश भी हो लेना और मेरे जूते पहनकर काम कर आना और जब भी काम हो जाए तब वापसी में मुझे देते हुए जाना ।"

"नहीं नहीं सर । आपको और परेशानी में नहीं डालना है।" हरिराम जी ने झेंपते हुए कहा, मन ही मन रामकिशोर जी की सुहृदय व मानवीयता को सधन्यवाद कहा।

"अरे, तुम छोटे भाई जैसे हो । हमारे क्षेत्र के , भाई पर मुसीबत वाले वक्त में काम नहीं आए तो क्या मतलब " थाने की तरफ चलते हुए रामकिशोर जी ने कहा।

"सर , शर्मिंदा मत कीजिए। आपने पूछा यही आपका बड़प्पन है सर। खैर हरिराम जी के कई बार मना करने के बाद भी रामकिशोर जी ने उन्हें क्वार्टर पर चलने को मना लिया।

****

हरिराम जी थाने को पहली बार इतने करीब से देख रहे थे। हालांकि यह रेलवे पुलिस थाना था, इसलिए ज्यादा जाब्ता और भीड़ नहीं थी। कुछ पुलिस वाले रजिस्टर पर हस्ताक्षर करके , सामान रखकर घर पर जा रहे थे, तो कुछ आते हुए वर्दी पहन रहे थे और कुछ वर्दी में टेबल पर बैठकर ऑफिशियल कार्य कर रहे थे।

"हां भाई मीणा जी यह कौन है?" सीनियर से दिखने वाले डेस्क पर बैठे श्रीमान ने पुछा। "

"आइये श्रीमान ! बैठिए । बड़ी त्रासदी हुई है सर । कॉलेज के काम हेतु आए थे , सुबह जागे तो जूते गायब " कागज और पेन पकड़ाते हुए मीणा जी ने हरिराम से कहा।

"आप सर इस पर और लिख दीजिए एक बार आपकी शिकायत" हरिराम जी ने हामी भर कर लिखना शुरू कर दिया।

"महंगे होंगे जूते श्रीमान जी?" ऑफिस टेबल पर बैठे सीनियर ने पूछा।

"हां सर यह थे । " फोन में फोटो दिखाते हुए हरिराम ने कहा।

हाथ में फोन लेकर समीक्षा करते हुए।

"नाइक के हैं ।अलग हैं, पीछे चैन है। बताओ फैशन अपनी चरम सीमा पर है ।" मुस्कुराते हुए सीनियर ने कहा।

इतने में रामकिशोर जी अपनी वर्दी बदल चुके थे । बाइक निकालकर हरिराम को बैठने हेतु इशारा किया।

पीछे बैठकर हरिराम के मन में ख्याल आने लगे ।अनजान है, जानता भी नहीं , जाना उचित होगा क्या ?

खैर अब तो चारा ही क्या है। कोई दिक्कत हुई तो फोन से भव्या को कॉल या संदेश कर दूंगा। सोचते हुए फोन देखा तो नेटवर्क नहीं थे ।तभी याद आया जम्मू कश्मीर में राजस्थान की सिम तो काम ही नहीं करती। लो अब तो किसी को बता भी नहीं पाऊंगा कोई खतरा हुआ तो। इतने में बाइक रूकती है और हॉर्न देने पर गेट खोलने हेतु 7 - 8 साल का एक सुंदर बच्चा आता है।

" हेलो पापा"

"हेलो बेटा"

"पापा जी अंकल जी कौन है?

"बेटा नमस्ते करो पहले , हमारे गाँव से आए हैं ।

बच्चे को देखकर हरिराम के प्राण वापस आए।

****

नियति भी अजीब है ।जहां अनिष्ट होने की आशंका थी वहां आतिथ्य भाव व अपनापन मिला। हरिराम जी ने सोचा ना था कि कल यह सारे अनुभव अकस्मात जिंदगी रूपी किताब में कोई नए चैप्टर भांति जुड़ जाएंगे ।खैर हरिराम जी ने नहाने धोने के बाद बढ़िया नाश्ता किया और राम किशोर जी के सैंडल पहनकर विदा ली। वह भी एक वादे के साथ कि कभी भी जम्मू में आएंगे तो इसे अपना ही घर समझेंगे।

रामकिशोर जी ने हरिराम को लोकल सिम दिलवाई और बाइक देते हुए कहा- "आप यह ले जाइए मुझे जरूरत पड़ेगी नहीं अभी" "नहीं नहीं मैं ऑटो से चला जाऊंगा , अनजान जगह है और मैं अपना ड्राइविंग लाइसेंस भी नहीं लाया हूं।"

"ओके ठीक है वापस आते समय घर से ही होकर जाना है"।

"चलो बाय, हां हां मैं बता दूंगा।"

विदा लेते ही हरी राम जी ने फोन शुरू किया तो कई सारे फोन कॉल वह मैसेज भव्या व घर वालों के थे। हरिराम जी कुछ सोच पाते इतने में ही भव्या का फोन आ गया व्हाट्सएप पर "हेलो ठीक होना?"

"हां यार ठीक ही हूं। इतने सारे फोन मैसेज घर वालों को भी बता दिया क्या ?"

"बताऊंगी ही उनके बार-बार फोन आ रहे थे कहां है पहुंचा या नहीं ?"

"तो बता देती ना।"

बात काटते हुए भव्य बोली "वह सब छोड़ो इतनी देर कहां लग गई सिम ले ली? और थाने गए थे?

"तुम तो ऐसे पूछ रही हो जैसे मैं कोई नई विचित्र जगह से भ्रमण करके लौटा हूं"

"हां हां कोई न । सुनो एक और बात। वह तुम्हारा फोन मिला नहीं था मुझे भी चिंता हो गई थी तो मैंने-

"क्या तुमने बोलो?" थूक अंदर निगलते हुए हरिराम ने कहा ।

मैंने तुम्हारे कॉलेज में कॉल करके पूछा कि तुम पहुंचे हो या नहीं ?तो मैंने सारी बात बता दी। ताकि तुम लेट हो जाओ तो भी काम नहीं रुके।

"अरे यार यह प्रौद्योगिकी भी गलत है मानव सभ्यता के लिए इन फोनों ने मनुष्य का संतोष, धैर्य सब खत्म कर दिया है।" गुस्से में हरिराम ने कहा।

"ज्यादा बिगड़ो मत। मेरी जगह तुम होते तो, तुम भी यही करते।"

"चलो कोई ना मैं शाम वाली ट्रेन से ही काम करके वापस आ जाऊंगा। "

****

कॉलेज में जाकर पता चला हरिराम जी का नाम माइक पर बोला जा रहा था।

"इनका नाम हरिराम है। राजस्थान से आए हैं । इनके कोई भी राजस्थानी सहकर्मी या दोस्त संपर्क में है तो तुरंत डेस्क पर बताएं। उनके घर से बार-बार फोन आ रहा है। दरअसल इन महाशय जी के जूते चोरी हो गए हैं तो इस वजह से भी यह परेशान है। तो जिसके पास सूचना हो वह तुरंत डेस्क पर सूचित करें ।"हरिराम ऑटो वाले को पैसे देते हुए यह सब सुन रहा था।

"वाह रे मेरे भाग्य, जूते तो गए, परेशानी हुई वो सब भी काम नहीं था जो अब उपहास का पात्र भी बना दिया।"

हरिराम जी के अंदर से उनकी आत्मा उन पर हंसती हुई प्रतीत हो रही थी । पनौती है तू, अब तो समझ जा।खैर परीक्षा फॉर्म और फीस भरने के बाद वहां आए राजस्थान के दूसरे लोगों से भी हरिराम की बात होती है तब सब मन मुस्कुराहट के साथ बस इतना ही पूछते हैं "अच्छा जी आप ही को डेस्क पर पुकार रहे थे ?"
हरिराम का मन कर रहा था कि कहीं कोने में जाके अपने बैग में मुँह छुपा के ढेर सारा रो ले ।
कॉलेज संबंधित कागजात व कार्यवाही करने के बाद हरिराम जी रामकिशोर जी से स्टेशन पर ही सैंडल देने हेतु मिलते हैं । धन्यवाद देते हुए बच्चों के लिए चॉकलेट रूपी भेंट देते हुए कहते हैं " यह बच्चों के लिए है आपका बहुत-बहुत आभार"।
रामकिशोर जी मुस्कुराते हुए तोहफे को स्वीकारते हैं और कहते हैं"एक चाय त तो पी ही सकते हो बाबूजी हमारे साथ। ”
"हां हां क्यों नहीं अभी ट्रेन आने में काफी देर है।"
चाय का जायका हरिराम जी के जिदंगी के हर पल से जुड़ा हुआ था । माहौल अच्छा हो या बुरा,खबर अच्छी हो या बुरी, चाय का तड़का भावों को और उत्तेजित कर देता ।

****

शायद उन जूते की आवश्यकता हरिराम से भी ज्यादा किसी को थी। नियति अजीब है, जूते भले ही खो गए पर हरिराम जी का काम कोई खराब नहीं हुआ। हरिराम ने यह अनुभव घर जाकर व सहकर्मियों को हंसते हुए बताया और खुद को साफ सुथरा पनौती सिद्ध कर दिया।
(5- 6 महीने बाद)

"अरे यार! वापस से वही सीट है। भव्या तुम्हारी स्लीपर है SL और मेरी है SU। तो इस बार सजग रहना "आंखें बड़ी करते हुए हरिराम भव्या से कहता है।
पति पत्नी दोनों जम्मू से वापस दिल्ली जा रहे थे ।

इस बार इस कोर्स के एग्जाम थे तो इस बहाने से पुराने जूते की चोरी के डर से हरिराम भव्या के साथ ही आया था । इस बहाने भव्या भी भारत के स्वर्ग को सजीव रूप से देख पाए ।

आज हरिराम ने सामान की जिम्मेदारी भव्या के कंधों पर छोड़ दी थी। इसलिए नीचे की सीट भव्या को दी जबकि ऊपर वाली पर खुद हरिराम चढ़कर बेडशीट बिछाने लगा।

यह संयोग ही था कि एक बार फिर से यह सीट हरिराम को ही मिली थी । हालांकि कोच अलग था। और जम्मू आते समय जब हरिराम ने अपने जूते सोते समय कर के नीचे रखे तो सामने बैठी महिला ये सब घृणा से देखने लगी ।

भव्या ने भांपते हुए बात संभाली -"अरे आंटी जी , पिछली बार उनके जूते , मतलब मनपसंद जूते चोरी हो गए थे । तब से अब जब भी सफर करते हैं सर के नीचे जूते रखते हैं।"

हरिराम सुबह जगे तो जूते सुरक्षित थे । बडे प्रसन्न हुए और भव्या को जूते हाथ में पकड़ कर दिखाते हुए कहा," देखो भव्या ! देखो चोरी नहीं हुई।"

भव्या ने बस ललाट पर हाथ मारा और सामान बटोरने लगी ।अबकी बार जूते नहीं सामने बैठी महिला की थर्मस चोरी हो चुकी थी।

हरिराम की हंसी नहीं रुकी "पनौती लक्षण आसपास भी दिख जाते हैं । मेरे साथ नहीं तो अबकी बार आसपास में चोरी हो गई थी । हरिराम विचारों में मग्न व प्रसन्नचित था तभी एक जानी पहचानी आवाज कर्णपटल पर टकराई।

"मैडम ! यह बैग, सामान ध्यान से रखना । इस सीट पर सामान बहुत चोरी होता है।"

हरिराम उठकर सीट पर बैठ गया था । वर्दी में एक जवान भव्या को आगाह कर रहा था ।

"मैडम ! एक बाबूजी के जूते चोरी हुए थे कुछ समय पहले ।भव्या बस रजामंदी में गर्दन हिला रही थी । व्यक्ति ने दरवाजा खोलकर इधर-उधर कोच में हंसते हुए भव्या के जवाब की चाह में नजर डाली तो नजर ऊपर वाली सीट पर पड़ी।

रामकिशोर जी स्तब्ध रह गए ।

" अरे बाबूजी"

हरिराम जी को जैसे अपने पुराने जूते मिल गए प्रसन्न भाव से हाथ आगे बढ़ाया "रामकिशोर जी क्या संयोग है बताइए!"

दरवाजा छोड़कर रामकिशोर जी हाथ मिलाने हेतु आगे आए और बोले- "कब आए थे ?बताया भी नहीं।"

"परीक्षा थी । सोचा फुर्सत में मिलूँगा आपसे । पत्नी के साथ आया था" भव्या की और इशारा करते हुए कहा।

"नमस्ते मैडम जी," भव्या ने हाथ जोड़कर नमस्ते स्वीकार करी ।

"देख लो बाबूजी ,नौकरी पूरी ईमानदारी से करते हैं ।कई बार बताने आ जाते हैं ताकि कोई चोरी ना हो" चुटकी लेते हुए मीणा जी ने कहा।

हरिराम जी नीचे उतरकर सीट पर बैठ गए। और बोले ," अभी ट्रेन चली नहीं है एक कप चाय तो पीकर ही जानी पड़ेगी ।यह संयोग नहीं नियति है जो बार-बार हम मिल जाते हैं ।"हंसते हुए हरिराम जी ने कहा।

मीणा जी चाय पीते हुए जूते का पूरा वृतांत विस्तार से भव्या को बताते हैं ।

भव्या हरिराम को देखकर सोचने लगी ,"चलो जूते तो चोरी हुए,पर व्यवहार तो मिला। संसाधनों की तुलना में सजीव वस्तुओं से जुड़ना तो सीखे ।"

यात्री सीटों पर सामान्य व्यवस्थित करने में व्यस्त तो ,सामान बेचने वाले गला फाड़ कर बेचने की कोशिश कर रहे थे। ट्रेन फिर से हॉर्न बजाकर अपने सफ़र पर निकल चुकी थी । जीवन के कई खट्टे मीठे अनुभवों को सजो कर,यात्रियों को बुरे,अच्छे अनुभव देने के लिए ।

7

गुनहगार

"आप सभी मुझे गुनहगार समझते होंगे। सोचते होंगे यह मासूम सा दिखने वाला, दैत्य कृत्य कैसे कर सकता है । मैं यह भी जानता हूं आप सभी मुझे पूर्व अनुमान से अपराधी या गुनहगार घोषित कर चुके हैं। मुझे यह भी पता है आप लोगों के लिए यह आम होगा कि अपराधी ,आपराधिक कार्य के पीछे कोई मजबूरी सुनाता है, तो आप इस बोरियत या 100 बार सुनी हुई कहानी को सुनना भी नही चाहते।आप बस सुनना चाहते हो कि, मैं कबूल करूं कि मैं हत्यारा हूं। तो हां, मैं हत्यारा हूं। मैंने हत्या की है , पर गुनहगार मैं नहीं हूं
"

परिवार मनुष्य के सामाजिकता का सबसे बड़ा प्रतीक है। मनुष्य एक सामाजिक प्राणी है, जैसा कि हम सुनते आ रहे हैं दोनों ही एक दूसरे के पूरक हैं। समाज आदर्श व नैतिक मूल्यों से परिपूर्ण होगा तो परिवार का उसमें रहने वाले मनुष्य भी भली-भांति विशेष व उच्च आदर्श पारिवारिक मूल्यों से समृद्ध व फलीभूत होते हैं। हालांकि अपवाद भी कथा कथित मिलते हैं।

21 वीं सदी में संचार क्रांतियों व इंटरनेट अविष्कारों ने परिवार की परिभाषा को बदल दिया है। हालांकि अविष्कारों से जीवन कई गुना सुलझा दिया परंतु अप्रत्यक्ष रूप से उलझता भी चला गया।

हर रोज अखबार उठाते ही ऐसी घटनाएं सुनने को मिल जाती है। जो बदलते समाज का द्योतक होती है। समाज में जैसे भौतिक सुख सुविधाएं जोड़ने की होड चल चुकी है ।व्यक्ति अपनी आमदनी से ज्यादा खर्च कर रहा है।

मनुष्य मानवीयता भूल चुका है। मनुष्य होने के नाते तकनीकी से बाहर निकलिए,दोस्त बनाइए। नियंत्रण व तकनीकी का सदुपयोग को बढ़ावा देने की जरुरत है। तभी हम पाश्विकता को छोड़कर एक सुसभ्य समाज बना पाएंगे । वरना वो दिन दूर नहीं है जब जानवरों को भी हमसे श्रेष्ठ समझा जाएगा।

इंस्पेक्टर विजय वर्मा ने जोर से पढ़ते हुए अखबार के पन्नो को पलटते हुए कहा - बात तो सही ही लिखी है, आजकल का युवा तो सोशल मीडिया के नशे का आदी हो चुका है। हमें खन्ना साहब ,आप विश्वास नहीं करेंगे ! हमें 12th के बाद कीपैड वाला मोबाइल फोन मिला था।

खन्ना जी विजय वर्मा के समकोण पर स्थित डेस्क पर उपस्थिति रजिस्टर में अंकित कर रहे थे।

विजय कि बात सुनकर रुके और हंसते हुए बोले" अरे वर्मा जी, वो भी क्या दिन थे ,रिचार्ज खत्म होने के बाद fm पर गाने खबरें सुनने के अलावा हमें दूसरा कोई मनोरंजन मोबाइल से तो नहीं मिल पाता था।"

"पर दोस्तों में बाकयदा आना-जाना था। दावत के लिए अजीब किस्म की शर्ते लगती थी। खैर समय- समय की बात है। हमारी संतान देखो सारे काम ऑनलाइन हो जाते हैं महाशय के। दोस्त भी ऑनलाइन बन रहे हैं, खाना भी ऑर्डर करो पांच से 10 मिनट में हाजिर ।वर्मा जी को बीच में टोकते हुए कॉन्स्टेबल चुन्नीलाल ने कहा साहब यह तो अच्छा ही है ना। घर बैठे खाना मिल जाता है। फालतू में बाहर नहीं जाएंगे तो अकारण उत्सर्जन भी कम होगा और हरित ग्रह प्रभाव भी कम , कितने तो फायदे हैं। कॉन्स्टेबल ने जैसे वर्मा की दुखती रग पर हाथ दिया। अरे भाई ! विज्ञान की पोथी। आपका ज्ञान का अथाह भंडार हमारे ज्ञान

चक्षुओं को अंधा न कर दे।

"पुलिस चौकी के गेट पर खड़े कॉन्स्टेबल को वर्मा जी ने दूर से ही हाथ जोड़ते हुए कहा।

चन्नी जी, अभी तक चाय नहीं आई। जरा देखो तो ,चौधरी साहब ने भी कहीं कार्बन उत्सर्जन के मद्देनजर दुकान बंद कर दी हो।"

सीनियरो के कुटिल उपहासो को चुन्नीलाल आज तक भेद नहीं पाया।

भले ही चुन्नीलाल किसी सदी का हो परंतु यह बात भली-भांति जानता था कि वर्मा व खन्ना जी आसपास के थानों में सबसे प्रसिद्ध हसोड़िए थे। कहीं भी, कोई भी मौका मजाक व हँसी ठिठोली का आता तो इनके वचनों व जोकों का कोई तोड़ नहीं था।

"क्यों मजे ले रहे हो सरकार । कह दिया है, आता ही होगा ।चुन्नीलाल ने नजर को चारो ओर घुमाते हुए कहा।

10:00 बजने आए थे यह थाना मानसरोवर शिप्रा पथ टैगोर लेन के पास में जयपुर में स्थित है |सुबह के समय शिफ्ट बदलती थी इस समय दो इंस्पेक्टर दो कॉन्स्टेबल मौजूद थे| कारागार के नाम पर दो छोटी सी कोठरी तीसरे ज्यादातर खाली होने पर आरामगाहबना दिया जाता है वैसे भी अपराधियों को 24 घंटे तक ही रख पाते थे उसके बाद उन्हें कोर्ट के समक्ष प्रस्तुत कर आगे की कार्रवाई की जाती थी हर दिन की तरह गुलाबी नगर में प्रातकाल वाली चहल-पहल खत्म हो रही थी मौसम में हल्की ठंड थी महीना जो नवंबर का था परंतु सूर्य संलयन अभिक्रिया से ऊर्जा पृथ्वी तक अनवरत भेज रहा था ।

☙

"हाजिर है चाय ,कड़क चाय।" पुकारते हुए चौधरी जी, जिनका रंग गोरा, पेट गोलाकार, लंबाई 6 फुट के बराबर रही होगी, ने प्रवेश किया।

प्रवेश करते ही विजय वर्मा की डेस्क सामने पड़ती थी,बाई तरफ खन्ना साहब की। दोनों के मध्यम में से जाते हुए दो कोठरी वाले कमरे बने हुए

थे।

भाई चौधरी, पैसे ज्यादा ले लिया कर पर सुबह की चाय थाने में आते ही पिला दिया कर।

वर्मा साहब, आज आते समय बीवी से झड़प हो गई तो उसी में थोड़ा समय लग गया।

"क्यों चौधराइन को पता नहीं है क्या? पूरे थाने को चाय हुक्का पिलाता है तू।" चुटकी लेते हुए खन्ना जी ने कहा।

"वही तो रोना है साहब, सुबह उठते ही ही कह दिया आज तो आप चाय बना दो। बताइए साहब पूरा दिन यहां चाय बनाएं। घर जाके सोचते हैं जोरु के हाथ की चाय मिलेगी। बस इसी बात पर हो गई। खन्ना जी के कप में चाय डालते हुए चौधरी ने कहा।

ऑनलाइन क्यों नहीं मंगवाली चाय! चुन्नीलाल को देखते हुए कहा।

चौधरी को दुकान की जल्दी थी। चुन्नीलाल को चाय पकड़ाने के बाद आंधी जैसे भाग निकला।

****

कहां जा रहे हो बच्चा पार्टी। चुन्नीलाल स्टेशन के मुख्य गेट पर तैनात था।

"साहब से मिलना है। 14 साल के सांवले से दिखने वाले बच्चे ने कहा।" चुनीलाल ने गौर से देखा तो- सांवला रंग, बाल उलझे हुए, आंखें सुर्ख लाल, बदन पर पुराने कपड़े जो शायद कहीं दिन से धुले नहीं थे।कई बार पड़ोस की कच्ची बस्ती के बच्चे पैसे मांगते मांगते थाने में भी पहुंच जाते हैं। कुछ को खाने पीने के बहाने पैसे मांगते हुए चुन्नीलाल ने कई मर्तबा देखा था।

इसलिए कहा- कोई पैसा-वैसा नहीं मिलने वाला। अभी 11:00 बजे हैं और भीख मांगना शुरू भी कर दिया।

बड़े बच्चे के साथ पांच 6 साल का बच्चा भी ओट लिए खड़ा होकर चुन्नीलाल को गौर से डरते हुए देख रहा था। चुन्नीलाल था तो इंसान ही, दिल पसीजा और बड़े बच्चे को पास में बुलाया ,"तीस रुपए दे रहा हूं। पास में ही पोहा की दुकान है जा खा लेना।"

चुन्नीलाल ने तीस रुपए बच्चों की ओर बढ़ाते हुए कहा। बच्चों ने

उत्सुकता से देखा जरुर ,पर लिया नहीं पास आने से चुन्नी लाल का ध्यान बड़े बच्चे की शर्ट पर पड़े लाल रंग के धब्बों पर गया। चुन्नीलाल का दिमाग अब सामान्य व्यक्ति से अलग पुलिस वाले की तरह सोच रहा था। कुर्सी से खड़े होते हुए पूछा - क्या नाम है बेटा?

"जी मेरा मानव और छोटे भाई का अरविंद।"

"साहब से क्या काम है?"

"जी मिलना है। उन्ही से काम है कुछ।"

चुन्नीलाल कच्ची बस्ती में दंपतियों या आसपास होने वाली हिंसक घरेलू वारदातों से अनभिज्ञ ना था। कुछ अनहोनी घटना की सोच कर चुन्नीलाल बच्चों को थाने के अंदर ले आया और वर्मा जी के डेस्क के पास खड़ा करके बोला वर्मा जी ये बच्चे हैं। आपसे मिलने की जिद्द कर रहे हैं। बच्चों बैठ जाओ, वर्मा जी ने अखबार से नजर उठाई और गौर से चुन्नीलाल को देखा।

इस दौरान मानव ने अपने छोटे भाई को नीचे बिठाया और खुद उसके पास में बैठ गया। बेबस नजरों से थाने को चारों तरफ से निरीक्षण करते हुए देखने लगा।

वर्मा जी बच्चों को देखकर बोले क्या करूं इनका, मेरे पास खुल्ले नहीं है। तू दे दे अभी कुछ, मैं बाद में दे दूंगा।

चुन्नीलाल वर्मा जी के कान के पास जाकर बुदबुदाया। बड़े बच्चे की शर्ट पर खून के निशान है। वर्मा जी अचंभित हुए। देखा और खड़े होकर चुन्नीलाल को दूसरी तरफ ले जाते हुए कहा-" पूछा कुछ ? गौर से कपड़ों को देखते हुए बोले "पक्का यकीन है खून के धब्बे हैं? रंग भी तो हो सकता है ना।"

"कच्ची बस्ती है ना मेला मैदान के पास, वहां पर होती रहती है लड़ाइयां, तो हो सकता है वहां से आए हो।"

"चलो पूछते हैं?"

बेटा घर कहां है? अरविंद बड़े भाई से कसकर चिपक जाता है।

"नीचे क्यों बैठे हो कुर्सी पर बैठो, आओ। बच्चे टस से मस नहीं हुए। मानव, अरविंद को संभाल रहा था जैसे उसे कुछ सुनाई नहीं दे रहा हो। वर्मा जी ने खन्ना साहब को बुलाया और पता पूछने को कहा। वही

चुन्नीलाल को बोले " ऐसा करो इन बच्चों के फोटो खींचकर बस्ती में जाकर आओ ,देखो कोई पहचान ही ले शायद।"

"मां बाप का नाम क्या है? पता तो पता ही होगा । घर कहां है ? खन्ना साहब बच्चों से पूछने की कोशिश कर रहे थे परंतु सब व्यर्थ।"

"साहब कुछ मंगा दो, इसे बहुत भूख लगी है।"- हाथ जोड़ते हुए मानव ने कहा।

"खन्ना व वर्मा जी बड़े अचंभित थे। बच्चा बोल तो सकता है परंतु जानबूझकर पूछे गए सवालों को इग्नोर कर रहा था।"

****

चुन्नीलाल बस्ती में पहुंच कर पूछताछ करने लगा। शायद कहीं कोई लड़ाई झगड़ा हुआ हो। मोबाइल में दोनों बच्चों की फोटो भी दिखाता। और अंततः बच्चों की मानव व अरविंद के रूप में ही पहचान हुई जैसा कि उन्होंने बताया था।

सांयकाल का समय था ।हल्का अंधेरा होने को आया था। चुन्नीलाल ढूंढते ढूंढते गंतव्य मकान तक पहुंच गया था। यहां मकान ज्यादातर कच्चे या पक्के या तो दीवार नंगी थी ।गलियां छोटी-छोटी । सांय के समय वृद्ध जन हुक्का पानी द्वार पर समूह में कर रहे थे ।तो कहीं बच्चे गली में भागते हुए पकड़म पकड़ाई खेल रहे थे ।चुन्नीलाल ने बाइक रोकी और महिला जो बकरी को प्यार से सहला रही थी उनसे बोला - नमस्ते आंटी जी।

"नमस्ते बेटा"

"मानव और अरविंद जो भाई है उनका घर यही है ?

"हां हां यही है।" महिला ने तीसरे मकान की ओर इशारा किया।

बाइक मुख्य दरवाजे के पास खड़ा करके खटखटाना चाहा परंतु मकान पर कुंडी लगी थी।

" अरे यह तो बाहर से बंद है। चुन्नीलाल ने इधर-उधर देखा सोचा कहीं आसपास ही गए होंगे अन्यथा लॉक लगा कर जाते।"- समय बीतता जा रहा था। चुन्नीलाल को थाने से फोन आने शुरू हो गए थे।

तो उसने दरवाजा खोलकर अंदर जाने की सोचा। मकान कहीं कच्चा तो कहीं ईंटों से निर्मित था।

"कोई है ?अंकल जी !आंटी जी! "-बार-बार पुकारने पर भी कोई नहीं आया तो उसे कुछ नकारात्मक सा प्रतीत हुआ। अब चुन्नीलाल का पूरा ध्यान वस्तुओं का जायजा लेते हुए मामले को जाने हेतु उत्सुक हो चुका था। वह अहाते से इधर-उधर देखते हुए सीढ़ियों के पास स्थित कमरे में प्रवेश करने वाला ही था कि पास में स्थित किचन से बाहर गाढ़ा सुर्ख रक्त जो प्रवाह में बाधा आने से एक जगह रुक कर झागनुमा छोटे-छोटे बुलबुले बना रहा था।

चुन्नीलाल को जैसे बिजली का झटका लगा वह फैले हुए प्रवाहित होते हुए रक्त में से जगह बनाकर अंदर जाता है तो दो मृत शरीर खून से लथपथ,रक्त रंजित जिनका चेहरा साफ देख पाने का साहस चुन्नीलाल में ना था ,पड़े हुए थे।

ऐसा रक्त मंजर देखकर चुन्नीलाल के मुख पर आशंकाएं पसीनो के रूप में छूट रही थी। वह और कुछ सोच पाता इतने में ही पेट के अंदर से गुब्बारे जैसा महसूस हुआ जो उल्टी बनाकर बाहर आया।

कुछ समय बाद चुन्नीलाल ने खुद को संभाला और ध्यानपूर्वक क्राइम सेंटर से बाहर निकलते हुए थाने पर फोन किया।

वर्मा जी- मैं यहां मकान पर आया था अटकते हुए कहा।

हां तो इतनी देर कहां लगा दी बाप को ले आ

वो ....वो........

वर्मा जी को टोकते हुए कहा

अरे सर यहां मां-बाप की लाश पड़ी हैं रक्त से सनी हुई। आप फॉरेंसिक वालों को बोल दो और जल्दी से भेजिए किसी को।

"ओके ओके मैं भेजता हूं।"- वर्मा जी इतनी सारी अकस्मात घटनाओं को मस्तिष्क तक संप्रेषित कर रहे थे कि हुआ क्या है?

कुछ देर इधर-उधर देखने के बाद वर्मा जी , खन्ना साहब को बोले - आप पुलिस जीप में चुन्नीलाल ने जो लोकेशन भेजी है वहां पर एक दो पुलिस वालों को लेकर जाइए जल्दी। मैं फॉरेंसिक वालों को भी बोल देता हूं। सैंपल व क्राइम इन्वेस्टीगेशन के लिए भी कॉल कर देता हूं ।जुवेनाइल प्रकरण होने के कारण जुवेनाइल पुलिस को भी बताना आवश्यक हो जाता है अतः उन्हें भी बुला लेता हूं।

સबके मन में अभी तक भले ही आशंकाएं पनप रही हो कि शायद बच्चों ने..... । छोटा बच्चा तो शारीरिक रूप से मुमकिन नहीं परंतु बड़े बच्चों को लेकर आशंकित भले ही थे परंतु मानवता उन्हें यह कटु सच मानने से रोक रही थी।

मासूम सा दिखने वाला यह बच्चा जो बार-बार अपने छोटे भाई को संभाल रहा था ,उसके भूख प्यास का ध्यान रखने वाला यह मासूम इतना घिनौना कृत्य क्यों करेगा!

रात के 8:00 बज चुके थे गस्त बदल चुकी थी परंतु कोई पुलिसकर्मी अभी तक वहां से जाने के लिए राजी ना था।

कानाफूसी हो रही थी कि हो सकता है कि कोई चोर आया हो या कोई दुश्मनी हो | बच्चे तो भगवान का प्रतीक है शायद इसलिए इन्हें छोड़कर उन्हें.......

कोई भी मस्तिष्क इतना प्रखर वह व्यापक सोच नहीं पा रहा था कि यह कृत्य एक मासूम सा बच्चा भी कर सकता है।

खैर जुवेनाइल वकील, एनजीओ के कुछ कर्मचारी व पुलिस, थाने में प्रवेश करते हैं।

अब तक बड़े बच्चों को कारागार कोठरी में अंदर बैठा दिया गया था| छोटा भाई कुर्सी पर बैठकर चॉकलेट खाने में मशगूल था।

****

बड़ा बच्चा बंद कारागार में जमीन पर बैठकर सलाखों को घूर रहा था विजय वर्मा जी सभी का सामान्य परिचय करवा रहे थे। जुवेनाइल कैस होने के कारण बेहद संजीदगी से संविधान में रहते हुए कार्यवाही की जा रही थी।

नाबालिक होने के कारण और वकील अनुपलब्ध होने के कारण जुवेनाइल केसेस में एक्सपर्ट रहीम भट्ट को बुलाया गया था।

किशोर से संबंधित पूछताछ भी वकील के समक्ष व एनजीओ के सदस्य जो उपस्थित हो पाए उनके समक्ष करनी थी।

मानव को अलग से सबसे छोटे से पूछताछ रूम में ले जाया गया और पूछताछ शुरू हुई।

हेलो मानव। मैं रहीम। बैठिए, यह सर आपसे कुछ सवाल पूछेंगे आपको जो भी जवाब देना है वह बेझिझक देना ।जब भी असहज महसूस हो तब मुझे बंद करने के लिए कह सकते हो।

रहीम ने मानव को पकड़ कर बैठे हुए कहा कमरे में उपस्थित सभी महानुभावों ने शुरू करने के लिए सिर हिलाया । बेटा क्या नाम है आपका?

"जी मानव। मेरा छोटा भाई ठीक है?"

"हां बिल्कुल । क्या आप जानते हो आपकी मम्मी पापा के साथ क्या हुआ है?

किशोर पुलिस यूनिट के सीनियर इंस्पेक्टर ने पूछा।

मानव ने गौर से उसे देखा और कुछ देर एकटक देखने के बाद नजर फेर ली।

इट्स ओके मानव, प्लीज स्किप दिस क्वेश्चन सर , रहीम जी ने कहा।

ओके तो तुम सुबह यहां साहब से मिलने आए थे ना?

"हम्म"

"क्या काम था बताइए?"

मानव ने कुछ जवाब नहीं दिया। पैरों को हिलाते हुए दाएं हाथ की उंगलियों से पेट पर एक ही जगह घिसता रहा।

"क्या आपका कोई जानकारी यहां आ सकता है जिसे हम बात कर पाए ?" बड़े प्यार से पूछा।

मानव की निगाहें डेस्क को अनवरत भेद रही थी। कुछ देर तक शांत रहने के बाद मानव ने विजय को नम आंखों से देखा। मैं, मेरे भाई से एक बार मिलना चाहता हूं फिर सब कुछ आपको बता दूंगा। जो भी पूछेंगे सब बताऊंगा।

किशोर पुलिस इकाई के सीनियर ने वहां उपस्थित सभी अधिकारियों को आंखों ही आंखों में अनुमति देते हुए बाहर जाने के लिए खड़े हुए।

****

"मानव, अरविंद को कुर्सी पर बिठाकर समझ रहा था"

अरविंद मुझे कुछ काम है तो उनके साथ जाना पड़ेगा तू अपना ध्यान रखना । रखेगा ना ध्यान ....?

भरे हुए गले से मानव ने पूछा।

अरविंद उदास परेशान सा होकर गर्दन हिला कर हामी ही भर रहा था ।आप कहां जा रहे हो ?मम्मी पापा नहीं जा रहे?

अरविंद मेरी बात ध्यान से सुन - मैं आता रहूंगा मिलने । नाना जी को कॉल कर दिया है वह आते ही होंगे , उनके साथ जाना है।

चुपचाप....... ठीक है...... भाई है ना .... मेरी बात मानेगा ना......

अरविंद को मानव गले लगाता है और अश्रु धारा कपोलो से मिलन कर बहने लगती है। यह सब अधिकारी कैमरे पर देख व सुन रहे थे।

इतना तो तय हो चुका है कि मानव को सब माजरा पता है। हो ना हो यही खूनी है । खैर अरविंद को वापस बुला लिया जाता है । मानव का चेहरा शून्य प्रतीत होता था। ना शिकन ना दर्द ना कोई गिला। मानव सीनियर किशोर पुलिस अधिकारी ,विजय व रहीम को पलकें झपकाते हुए बारी-बारी से देखता है और कहना शुरू करता है।

"आप सभी मुझे गुनहगार समझते होंगे। सोचते होंगे यह मासूम सा दिखने वाला दैत्य कृत्य कैसे कर सकता है । मैं यह भी जानता हूं आप सभी मुझे पूर्व अनुमान से अपराधी या गुनहगार घोषित कर चुके हैं। मुझे यह भी पता है आप लोगों के लिए यह आम होगा कि अपराधी ,आपराधिक कार्य के पीछे कोई मजबूरी सुनाता है, तो आप इस बोरियत या 100 बार सुनी हुई कहानी को आप सुनना भी नही चाहते।आप बस सुनना चाहते हो कि, मैं कबूल करूं कि मैं हत्यारा हूं। तो हां, मैं हत्यारा हूं।

मैंने हत्या की है , पर गुनहगार मैं अकेला नहीं हूं आंसुओं से पूर्ण व नम आंखों से देखते हुए उसने कहा।

तो और कौन था तुम्हारे साथ? मानव, देखो हम संवैधानिक रूप से तुम्हारी पूरी मदद करेंगे ।रहीम भट्ट जी ने आश्वासन दिया।

आप समझ नहीं रहे , थोड़ी देर रुक कर मानव ने कहा - उस रात को क्या

हुआ, यह जानने के लिए सबसे पहले तो यह जानना होगा कि आखिर ऐसी क्या मजबूरी आई कि मुझे यह दानवीयता दिखानी पड़ी।"

मानव आगे बोलता रहा " कच्ची बस्ती में भले ही गंदगी हो, मकान कच्चे हो ,लड़ाई झगड़ा हो परंतु सपने तो वहां भी पलते बढ़ते हैं। इसी सपने के साथ मेरी मां ने मुझे पाला पोसा कि मैं इसे खूब पढाऊंगी। एक दिन शिक्षित, सुशील और अच्छे इंसान के साथ बड़ा आदमी बनाऊंगी। कहती थी "देख मानव बड़ा होकर अच्छा बनना। खुद के पैरों पर खड़ा होना और राजीव सर की तरह दूसरों की भलाई करना ,अगर किसी को खुश ना कर सके तो चलेगा पर दुख मत देना।

मैं उसके पैरों को दबाता हुआ बस हंस देता ।पूरा दिन काम करती थी मेरी मां। घरों में जाकर साफ सफाई और रसोई का काम भी। जिसे आप बड़े लोग नौकरानी बोलते हैं। राजीव जी की बहुत तारीफ करती थी ।उनके घर का काम करती थी। मुझे भी लेकर जाती थी उनके यहां ।जब-जब में क्लास में टॉप करता है या कोई प्रतियोगिता जीतता तो बड़े गर्व से

आंसू बहाते हुए कहती," मेरा बेटा है।" राजीव जी ने भी हमारी कई बार मदद की आर्थिक, मानसिक। पर पता है सर मुझे उनकी कौन सी खासियत सबसे ज्यादा पसंद थी। वह एक अच्छे पिता थे। कुछ सोचते हुए मानव रुक गया। तो टेबल की दूसरी तरफ बैठे वर्मा जी ने पूछा क्या तुम्हारे पिता अच्छे नहीं थे।

हंसते हुए मानव ने कहा मां कहती जरूर थी वह अच्छे हुआ करते थे पर जब से शराब पीना शुरू किया तब से वह ना अच्छे पिता रहे ना ही पति।

हम गरीब थे पर मैं बहुत खुश था कि मेरी मां बहुत अच्छी है ।जहां आसपास लोगों के मां-बाप दोनों ही खराब थे मैं यहां भाग्यवान था। मेरी जिंदगी में एक मात्र उजाला मां और छोटा भाई ही था।

मानव को टोकते हुए सीनियर पुलिस अधिकारी ने पूछा - इतना ही प्यार करते थे मां से तो क्यों दी उसे ऐसी विभीत्स मौत बोलो? गुस्से में बोले।

मानव पागलों की तरह जोर-जोर से हंसने लगा और फिर रुक कर रोते हुए बोला जिसकी हंसी ही मेरा संसार था, जिसके लिए मैं जी रहा था, उस जीवन ज्योति को मैं भला क्यों मारने लगा।

पूरे रूम में उपस्थित सभी एक दूसरे के मुंह को अचंभित होकर तकने लगे। रहीम भट्ट जी ने आगे कहा- मानव साफ-साफ बताओ! क्या हुआ था?

मानव आंसुओं को पीते हुए बोला परसों के दिन मां के लिए असामान्य था आज उसकी तनख्वाह आयी थी तो मेरा दाखिले की बात करने कल मुझे लेकर अच्छे स्कूल में मेरा प्रवेश करवाने वाली थी। कई दिन तक राजीव सर से गहन पूछताछ के बाद उसने मुझसे कहा - देखो तुम विज्ञान में बहुत अच्छे हो। और मैडम और सर ने भी मुझे इसके भविष्य के बारे में बताया है ।बाकी तू जो कहेगा वह विषय तू चयन कर सकता है। साथ यह भी बताया कि बच्चों पर अपनी इच्छाएं नहीं थोपते । तो तू जहां खुश में भी वहां खुश। जब मैंने भी विज्ञान लेने की हां कही तो मां फूली नहीं समाई।

शायद हमारी खुशी भी ऊपर वाले को अखरती है ।रात होने आई थी। यह समय हम तीनों के लिए भयावह और डरावना होने लगता था । इस समय बापू काम करके शराब पीके नशे में धुत घर में आता । और पता नहीं किस बात पर कौन उसकी बेल्ट का शिकार हो जाता । यह हमारे लिए सामान्य था। परंतु रात्रि में बापू घर पर मौजूद होता तो...... तुम समझ सकते हो। पर उसे रात को कुछ अलग हुआ और दिन में मार खाती हुई मां की दर्दनाक चीखो को सुनते हुए ही सो जाता था ।
अगर बापू से कुछ कहता तो मेरा भी यही हाल होता तो मैं मां के आदेश के पालन करते हुए अरविंद के कर्णपटह को बंद करते हुए सो जाता था। मां हाथ जोड़ते हुए कह रही थी। मुझे मार ले। बापू मारते हुए अनवरत गाली दे रहा था । पर आज उन पैसों से जैसे कोई सपने जुड़े थे। तो मां भी आक्रोषित होकर चिल्लाने लगी। मेरी जान ले ले आज । पर मैं मेरी मेहनत का, मेरे बच्चे का पैसा तुझको नहीं दूंगी। मारना चाहता है ना मार दे। टुकड़ों में मरने से अच्छा है एक ही बार में मर जाऊं।
और दिन लड़ाई करने के बाद मां को पैसे देने ही होते थे। पर शायद मेरे भविष्य की बात सुनकर उसने भी ठान ली थी। मैं शारीरिक रूप से दुर्बल, चाह कर भी कुछ नहीं कर पाया।

जब लड़ाई बढ़ती चली गई तो मुझसे रुका ना गया मैं रसोई के पास वाले रूम में भागते हुए गया तो बापू उंगली दिखाते हुए मां से पैसे मांगे जा रहा था। मां की हालत अधमरी जैसी हो रही थी। होंठो व मुंह पर चोट के निशान, सारे वस्त्र अस्त-व्यस्त हो रखे थे। मैं देखते ही रोते हुए मां से लिपट गया और कहने लगा मां दे दे हम कर लेंगे कहीं और से दूसरा इंतजाम। ये नही छोड़ेगा तुझे .....

बेटा कोई बात नहीं, तू जाकर सो जा, तू क्यों रो रहा है। जा अरविंद का ध्यान रख।

में देखती हूँ........ कुछ देर के लिए सब कुछ थम गया। मां ने मुझे बाहर भेज दिया।

मेरी सुर्ख आंखों में नींद प्रवेश हो नहीं वाली थी कि तभी मां की दर्दनाक चीख से मेरी नींद टूटी। एक तेज आवाज के साथ चीख खत्म हो गई। मैं तेजी से भागते हुए मां के पास पहुंचा तो बापू के हाथ में रक्त रंजित कुल्हाड़ी , रक्त की बौछार बापू के पूरे शरीर पर रंगी हुई थी ।पहली बार साक्षात दैत्य मैंने देखा ।मां की गर्दन से रक्त का झरना सा प्रभावित हो रहा था। मैं मां के पास जाकर बौखलाया हुआ कपड़ा देख रहा था। पास में रखी साड़ी गर्दन के पास लगाकर सर अपनी गोद में रख लिया । रक्त रुकने का नाम नहीं ले रहा था । मां मां कुछ तो बोल........

बापू स्तब्ध सा होके बस देख रहा था। मैं मां से लिपटकर दहाड़ रहा था। उसके रक्त से सिंचित मैं ,उसी की रक्तधार में भीग चुका था।

मैं गला फाड़ फाड़ कर रोता रहा। भगवान को कोसता रहा । उसके चेहरे पर आई लटो को सही कर देता, तो कभी उसे पुकारता। कि अभी उठकर मुझे कुछ काम की कहेगी। मैं बापू को देखता वो कुल्हाड़ी पकड़े एक हाथ सर पर रख कर बैठा था। मेरा सब कुछ पल भर में नष्ट हो चुका था। मुझे पास में कुल्हाड़ी दिखी तो मन किया इसी से बापू के दो टुकड़े कर दू। मेरा मन अंदर बैठा जा रहा था मैं बुझ चुका था। कुछ महसूस नहीं हो रहा था। मेरे मन की गति प्रकाश के समकक्ष हो गई थी। एक ही पल में मां की सभी यादें मेरी आंखों के आगे घूमने लगी । मेरे सपने , मेरा प्रकाश स्तंभ, बुझ चुके थे। बचा था बस क्रोध, असीम क्रोध।

समस्त यातनाये जो बापू ने अब तक मां को या मुझे दी, उसकी रील मेरी आंखों के सामने घूमने लगी। मेरे जीवन का पर्याय समाप्त हो चुका था। मेरे नेत्र, लग रहा था अग्नि जैसे अंगारे बनकर धधक जाएंगे । मेरा पूरा शरीर कांप रहा था । सब कुछ शांत सा हो चुका था। मैंने गौर से देखा तो मेरे दाएं हाथ में रक्त रंजित कुल्हाड़ी थी।

8

राजनीति

सामाजिक व्यवस्थाओं में जब मनुष्य फसता है। जब उसके कोमल कंधों पर अदृश्य बोझ लादा जाता है, तब शनै:-शनै: उसके सपने ओझल होने लगते हैं। मन आकलन करते हुए संतोषी सा होने लगता है। ज्ञान के लिए संतोष कतई बर्दाश्त नहीं है। अब इसे ढलता हुआ शरीर कहो या आम आदमी कहो बात एक ही है।

मुझे याद है एक बार जब स्नातक के समय कॉलेज में ड्रेस कोड बदल गया तो मात्र कुछ पैसों के लिए हम नारेबाजी अनशन पर उतर आए थे बात पैसों की थी ही नहीं, बात थी अन्याय बर्दाश्त नहीं था।”

प्रकृति का नियम है परिवर्तन। यह समय की भी मांग रहती है। अगर आपने विज्ञान में पढ़ा हो तो अगर नहीं भी पड़ा है तब भी एक अनपढ़ व्यक्ति भी जानता है प्रकृति के सामंजस्य के बारे में।

मैंने बहुत गहनता से पारिस्थितिकी तंत्र के बारे में पढ़ा है जहां पौधे जंतु व सूक्ष्म ऊर्जा व खाद्य के लिए एक दूसरे पर निर्भर रहते हैं। यह मुझे आकर्षक व रोमांचित लगता है कि कैसे मृदा में उपस्थित सूक्ष्म

व दीर्घ पोषक तत्व खाद्य श्रृंखला तक मुझ तक पहुंचते हैं । यह सच में आकर्षक था कि मुझे हिरण का शिकार करते शेर क्रूर लगता परंतु विज्ञान में यह survival प्राकृतिक वरण का नियम कहलाता ।

मैं घंटे तक इन विषयों पर किसी से भी चर्चा कर सकता था। मुझे भविष्य की संभावित नई प्रौद्योगिकियों पर बात करने वाले भी उतने ही प्रेरित व सुखद महसूस होते, जैसे थकान के बाद शरीर को आइस थेरेपी दे दी हो।

शायद विज्ञान की इस रोमांचित दृष्टिकोण ने मुझे विज्ञान विषय लेने को उत्सुक किया।

हां एक विषय था जो मुझे सबसे उबाऊ व व्यर्थ लगता था वह था राजनीति |मेरी नजर में सफेद टोपी, सफेद कुर्ता पजामा खाकी जैकेट मतलब भ्रष्ट|मैं इस विषय पर चर्चा, मनुष्य जीवन का सबसे व्यर्थ कार्य समझता था।

हालांकि मेरी पढ़ाई तक के समय में परास्नातक छोड़ दे तो बहुत ही कम समय था जब मैंने राजनीति पर हो रही चर्चा में कूदने की कोशिश की हो।

जैसा कि मैंने कहा समय परिवर्तनशील है और हमारा भाव भाव मनुहार भी उससे 10 गुना परिवर्तनशील है।

जब मैंने सरकारी सेवा में प्रवेश किया तो मुझे कुछ समय बाद एहसास होने लगा, जीवन का 90% हिस्सा तो राजनीति ही है। घर में शकुनि जैसे मामा हो या कटु मित्र जो हर बात मनवाना जानता हो या भावात्मक अपहरण करते हुए माता-पिता सब सफल राजनीतिज्ञ ही तो है।

कार्यक्षेत्र में उत्तमता हासिल करने हेतु मेरे आंतरिक मन में कहीं राजनीति विषय उभरने लगे।

मेरा स्नातक का दोस्त जिसका भाई सरकारी अध्यापक ही था ,वह बहुत समझाते हुए मुझसे कहता था कि अध्यापन क्षेत्र जहां इस विषय का कोई औचित्य नहीं है वहां यह खरपतवार जैसे पनप रहा है।

उसके विचार मेरे समकक्ष ही थे। तभी तो हम दोस्त थे। पर सेवा क्षेत्र में आने के बाद मेरा मस्तिष्क उसके कई विचारों को आकर्षित रूप से

सिद्ध करने की मांग करने लगा। जैसा की एक बार उसने कहा था "देख दोस्त, जिंदगी चार पल की होती है। जरूरतों का कोई छोर नहीं है ,अपने को क्या चाहिए। ऊर्जा के स्रोत के रूप में पोषक तत्व, समय गुणवत्ता के रूप में निकालने हेतु किताबें, यात्राएं और दोस्तों का बुढ़ापे तक का साथ और पैसा केवल नियंत्रित रूप में।"

धीरे-धीरे समय जिंदगी की गाड़ी चलती रही तो पता चला पैसा तो जिंदगी की गाड़ी में कीस्टोन प्रजाति की तरह कार्य करता है यानी पहिया। इसके बिना जिंदगी व्यर्थ है।

बात 100 टका सही थी। जब तक आपके पास पैसे हैं तब तक आप एक अच्छे पति हो, अच्छे पुत्र हो ,अच्छे नागरिक हो अन्यथा इसके 180 डिग्री के विपरीत आपको कई गलियां रिश्तों से ही रसीद हो जाती हैं।

तो मेरा मन मेरे दोस्त के विचारों से और बहुत ज्यादा मेरे विचारों से क्रुद्ध व् विद्रोही होता चला जाता। अंत में मन विजयी रहा।

सामाजिक व्यवस्थाओं में जब मनुष्य फसता है। जब उसके कोमल कंधों पर अदृश्य बोझ लादा जाता है, तब आहिस्ता -आहिस्ता उसके सपने ओझल होने लगते हैं। मन आकलन करते हुए संतोषी सा होने लगता है। ज्ञान के लिए संतोष कतई बर्दाश्त नहीं है। अब इसे ढलता हुआ शरीर कहो या आम आदमी बात एक ही है।

मुझे याद है एक बार जब स्नातक के समय कॉलेज में ड्रेस कोड बदल गया तो मात्र कुछ पैसों के लिए हम नारेबाजी अनशन पर उतर आए थे बात पैसों की थी ही नहीं, बस अन्याय बर्दाश्त नहीं था।

अब बहुत कुछ बदल चुका है अब सरकारी कर्मचारी रहते हुए सरकार से विरोध पेट पर लात जैसे लगता है। बढ़ती हुई जिम्मेदारियां ने जैसे अंदर डर को मन के अंदर किराए पर रख दिया। अब भाड़ में जाने दो, मुझे क्या है? कहने की आदत हो आई है।

दूसरों पर हो रहे अत्याचार तो छोड़ो खुद पर हो रहे व्यवस्थित साजिश

रूप में गड़े गए सितमों को भी सहन करने की आदत सी होती जा रही थी।

हां लिखने की आदत थी कभी-कभी लिखकर यही ढेर सारी जिंदगी पन्नों पर उकेरकर शब्दों की ठंडी फुहार से खुद को तर कर लेता हूं।हाँ तो बात राजनीति की हो रही थी ना|

मेरे विद्यालय में मुझे जाते हुए चार-पांच साल हो आए थे | तीन-चार सहकर्मियों से घोर मित्रता भी हो आई थी| इनमें दो व्यक्ति तो मेरे हम उम्र ही थे | दो व्यक्तियों ने हमसे 20 गुना ज्यादा मौसम हो व ढेरो अनुभवों का ब्यौरा लिया था।

रमेश जी की उम्र यही कोई 50 साल, वही विनोद शर्मा जी अपनी फूटती जवानी में प्रवेशित हुए थे। गाने के शौकीन विशेष रूप से राजनीतिक संबंधित विभिन्न विषयों पर बढ़-चढकर कर भाग लेने वाले विनोद जी ,रमेश जी की विचारधारा के घोर विरोधी थे।

इन दोनों के मध्य होने वाले वाकयुद्ध का सारथी व उस आग में तेल या घी डालने वाला आहुति कर्ता मैं बना। हालांकि मैं किसी भी राजनीतिक पार्टी का कभी भी 100% अनुगामी नहीं बन पाया। उनके प्रति द्वंदी के कई पक्ष सही होते तो कुछ पक्ष बिल्कुल विपरीत।

जब जब मैं किसी जननायक को पसंद करने लगता, अगले ही दिन कुछ दिनों में सोशल मीडिया पर कोई उनका उल्टा सीधा भाषण सुन लेता तो विचार मेरे विचारों से सह संबंध नहीं हो पाते।

एक बार की बात है भरतपुर से हम चार जन गाड़ी से निकले ही थे , अक्टूबर नवंबर की हल्की सर्द हवा बंद खिड़की के खानों में से प्रवेश कर मेरे रोमो को खड़ा करने को मजबूर कर रही थी। मुझे फिक्र सर्द हवा की नहीं, दाएं बाएं ऊपर नीचे एक दूसरे से झगड़ते गुंथते केशो से हो रही थी। जो हवा के थपेड़ों से मदहोश से होकर मेरे ललाट पर सारा गुस्सा निकाल रहे थे।

"अबकी बार तो माहौल जन सेवा पार्टी का लग रहा है पर्चा leak हो या नींद में पड़ी सुस्त सरकार हो, हर किस्सों में यह सरकार फेल रही"

"रमेश जी, तो आपकी पार्टी तो बहुत दूध की धुली है। केंद्र में जब आप हो तो आपने क्यों नहीं किया कुछ?"

विनोद जी ने मुझे देखते हुए हामी भरवाना चाहा। मैं जो अभी तक केश सज्जा में व्यस्त था, "हां हां सही कहा।"

"क्या सही ! फौजदार जी, लीडरशिप भी कोई चीज होती है। विधायक आपकी सुन ही नहीं रहे, बगावत तक हो रही है । अरे छोड़िए जनता सेवा खुद की सेवा में लगे हैं।"

मैंने बीच में टोका, " यह भी बात सही है"

"अरे! क्या सही है फौजदार जी, आप बताइए अब कौन गांव का बच्चा प्रतियोगिता परीक्षाओं जैसी आंच में अपनी जवानी की आहुति देना चाहेगा जबकि सीट पैसे वालों और नेताओं को ही मिल रही है।"

मैंने भी भावुक होकर कहा, यार आप लोग स्पष्ट मना ही कर दो ना कि यहां सीट पैसे वालों को ही मिलेगी हम तो खेती बाड़ी कर लेंगे।

गाड़ी चलाते हुए हमारे तीसरे साथी अल्पेश जी आंखें चौड़ा कर बोले, "यार आप भी न शामिल हो जाते हैं"। "अरे महानुभावो सुबह-सुबह थोड़ा जाप करो, भगवान का नाम लो, सुबह से ही रत हो जाते हो भूलोक क्रियाओं में । "

"नहीं नहीं अल्पेश जी आप यकीन मानिए , पहले जहां एक गरीब छात्र सोचता था कि मैं दिन-रात मेहनत करूंगा और परिवार की आर्थिक स्थिति ठीक करूंगा अब उसके पास सपने तो दूर दो वक्त की रोटी मिल जाए बस ऐसी सोच रह गई है। महंगाई देखो आप!"

विनोद जी ने आंखों ही आंखों में मेरी पीठ थपथपाई, "बिल्कुल सही कहा आपने"

अल्पेश जी माथा पीटते रह गए, मैं मोबाइल पर पिछली रात डाउनलोड की गई कहानी पढ़ने में लग गया। विनोद जी रमेश जी की प्रैक्टिस मैच शुरुआत करवाकर मुख्य मैच शुरू करवा दिया था अब बस मुझे बीच-बीच में यही बोलना था," यह बात तो सही है ।" कभी विनोद

जी तो कभी रमेश जी की बात सही ठहरानी है।

दोनों की चर्चाएं देश आजाद होने से वर्तमान तक हर पहलू चाहे वह आर्थिक हो या सामाजिक या भौगोलिक हर मायने, हर कोण से बात हो जाती।

मैं उनके घोर हंसी के अट्टहासो में नथुनों को फुलाया हुआ वह अपना पलड़ा हल्का- भारी महसूस करते हुए देख पाता था।

चर्चाओं के विस्तार हाथों के फेंकने तेज बोलने से तेज रक्त प्रभाह से फूली हुई नसों वाले लाल पड़े हुए चेहरे से फूटते चले जाते और गेट खुलने तक यही चलता।

*********†*†

एक रोज मुझे जरुरी काम लगा तो स्कूल से छुट्टी ले ली। अगले दिन जब गाड़ी में बैठा तो पाया रमेश जी अनुपस्थित थे। मैंने कुतूहल वश पूछ लिया , " रमेश जी छुट्टी पर है?
"नहीं " दर्पण में मुझे देखते हुए अल्पेश जी ने कहा।
"तो आए क्यों नहीं?"विनोद जी मोबाइल में रत थे जैसे वह कुछ सुनना ही नहीं चाह रहे थे।

अल्पेश जी ने बात पलट दी। और दर्पण में देखकर मुझे बाद में बात करने की नसीहत दी।

मैं समझ चुका था कल कोई घमासान जरूर हुआ है शायद इसीलिए रमेश जी गाड़ी से नहीं जाकर रोडवेज बस से गए होंगे।

मेरा मन अंदर से व्याकुल हो उठा कि कहीं ना कहीं इस फसाद की जड़ में दीर्घ पोषक तत्व मैं ही हूं।

पहले भी राजनीति विषय पर कोई विषय आता था तो "छोड़िए और कोई टॉपिक पर बात करो वाली रीति थी" शुरुआत में जब मैं गाड़ी से आना -जाना करने लगा था तब मुझे बहुत खींज आती थी।

बेरोजगारी के दिनों में जागने, सोने, खाने का कोई विशिष्ट समय अंकित नहीं था । रोटी मिली तो ठीक, नहीं तो दोस्तों के रूम पर जाकर टिक जाते । नींद हुई तो ठीक ,नहीं तो अगले दिन बंक मार के नींद चक्र को व्यवस्थित किया जाता।

खैर अनुशासित समय चक्र में आने पर जब नींद को सुनियोजित करने हेतु में गाड़ी में झपकी लेने की कोशिश करता तभी गाड़ी के संविधान का कोई नियम सुना दिया जाता " गाड़ी संविधान संख्या-1 के तहत बिना बीमारी के आप सोते पाए गए तो दंड वर्ष मिठाई या जूस पार्टी ली जाएगी।

जैसे-तैसे शनै शनै मेरा आचार व्यवहार गाड़ी अनुरूप बहिर्मुखी हुआ। परंतु शायद कहीं बुझी हुई राजनीति रूपी चिंगारी को शोला मैने दिखाया। मन मेरा व्याकुल वश पीछे छूटे चले जा रहे पेड़ों व सरसों के नव अंकुरित पादपो को निहारे जा रहा था।

अल्पेश जी ने स्कूल जाते ही पूरा वृतांत सुनाया- कल आते हुए चुनावी माहौल के ऊपर चर्चाएं शुरू हुई। पसंदीदा खड़े हुए MLA उम्मीदवारों भूतकाल की गरिमामय टिप्पणियां होना शुरू हुआ। कभी वहां से वार कभी यहां से वार। कुछ समय पश्चात मैं उनके वाकयुद्ध की बलि चढ़ चुका था। मैंने बोलना बंद कर दिया तो टिप्पणियां इनकी राजनीति से मुड़कर व्यक्तिगत हो गई। व्यक्तिगत से जातिगत हो गई। और फिर बातों ही बातों में दोनों एक दूसरे के लिए गत वर्षों से भरी हुई बातों को विष भाती मुंह से उच्चारित करने लगे। मुझे लगा मैं युगों से गाड़ी चला रहा हूं। भैया जैसे तैसे स्कूल पकड़ा है उसके बाद से दोनों के मुंह फूले हुए हैं। अब विनोद जी को रमेश जी की उम्र का कुछ तो ख्याल करना था। इस उम्र में तो व्यक्ति बच्चों जैसे जिद्दी हो ही जाते हैं।

मुझे अंदर से गुड़गुड़ाहट की उत्पत्ति हुई जैसे-तैसे मैं हंसी को रोक रहा था, हालांकि ऐसा नहीं था कि मुझे दुख नहीं था, मैं दुखी था पर मेरे अंदर हंसी की फहारे फूट रही थी। दोनों के लड़ते हुए चेहरे मेरे दृष्टि पटल पर चित्रित हो रहे थे, स्थिति मेरे मुताबिक वे दोनों एक दूसरे को खींचते हुए और अल्पेश जी को बचाते हुए प्रदर्शित होने के कारण हंसी रुकने में नहीं आ रही थी।

"यार आप हंस रहे हो- अल्पेश जी ने मुस्कुराते हुए टोका"
"तो क्या करूं अल्पेश जी मैं तो मस्ती ही करता था इन्हें मेरे हाव भाव

से ही समझ जाना चाहिए , आप चिंता मत करो रमेश जी से मैं बात करूंगा।"

अक्सर चुनावी माहौल गर्माते हुए कई खट्टे मीठे अनुभव छोड़ता चला जाता है। नुक्कड़ गलियों जहां भी चार अधेड़ उम्र के व्यक्ति जुट जाएं वही चुनावी चर्चाएं ,उन पर ताल ठोकना ,शर्तें लगाना , विरोधी पार्टी के समर्थक को कातिल व हेय दृष्टि से देखना बहुधा सामान्य ही है।

दरअसल होड अपने विचारों को सही ठहराने व विरोधी व्यक्ति को विचारगत पराजित करने की होती है। पार्टियों का भी यही हाल है। अपने विचार सर्वश्रेष्ठ, अन्यत्र समस्त बकवास। लोकतंत्र में विचार रूपी विविधता होगी ही। जब चार लोगों में चाय पीने के तरीके ही अलग हो तो इतना बड़ा कार्य आप समानता से कैसे अपेक्षित कर सकते हैं।

हमें "मेरा मानना यह है , आपका मानना और कुछ हो सकता है ।मैं उसका सम्मान करता हूं तो आपको भी समकक्ष आदर भाव रखना चाहिए।" परंतु यहां मामला उल्टा है "जो मैं मानता हूं आप भी उसे मानो । " बड़ा विचित्र है यह तो।

****

खैर मेरे लाख समझाने के बाद भी रमेश जी नहीं समझे। हालांकि विनोद जी अपने व्यवहार से आहत थे। वह पश्चाताप रखते थे इन सब का जिम्मेदार मुझे ही ठहराया गया और मैंने इसे स्वीकारा भी। मेरे लिए भी यह नया अनुभव था।

मुझे मालूम था चुनावी माहौल है यह सब सामान्य है। समय सब ठीक कर देता है इसकी क्षमता पर मुझे शक नहीं था। समय की मार राजा को रंक व रंक को कब राजा बना दे कुछ पता नहीं। इसके समक्ष हम प्राणियों का अहम रज का सूक्ष्मतम कण है।

हुआ भी यही। चुनावो के रिजल्ट का भी दिन आया। शाम होते होते निश्चित हो गया था दोनों मुख्य विरोधी पार्टी के एमएलए को जनता ने अस्वीकार कर दिया था। चुने गए , एक निर्विरोध खड़े हुए अमुक व्यक्ति।

जिनका एक बार भी जिक्र मैंने किसी से नहीं सुना। लोकतंत्र के रहस्य

जानना व नतीजे बनाना इतना भी सरल नहीं, यह लोकतंत्र ने खुद पुख्ता कर दिया था। नतीजे देखकर सब स्तब्ध थे, परंतु मैं अकेले बैठे-बैठे हंस रहा था।

अगले दिन जैसे ही मैं गाड़ी में बैठा रमेश जी व विनोद जी भी बैठे हुए थे। अल्पेश जी ने मुझे देखा और हम दोनों एक ही सुर में हंस पड़े। विनोद और रमेश जी ने हमें देखकर नथुने जरूर फैलाई पर अट्टहासो के समक्ष वो क्षीण हो गया था । जिन पार्टियों के लिए दोनों में ताले ठुक रही थी, मूछों में ताव देकर वर्चस्व दिखाया जा रहा था , लोकतंत्र ने जैसे सब कुछ नेस्तानाबूत कर दिया था। मैं अभी भी कई बार इस बात पर फिरकी ले ही लेता हूं, हां पर नियंत्रित तरीके से। अब मैं भी समझ चुका था कि मजाक मस्ती कब अनियंत्रित होकर रिश्ते खराब कर दे कुछ पता नहीं।

हां हम आम लोग व्यवस्था, सरकार से त्रस्त मनुष्य, विरोधो व बातचीतों में ही गुस्सा निकाल कर शांत कर लेते हैं। सड़कों व कचहरी के रास्तों पर यातनाएं अन्याय व वर्तसना ही मिलती है न्याय मिलता भी है तो वह इतना चुभता हुआ मिलता है उसे पाने या खोने का दर्द या खुशी महसूस नहीं होती।

****

९

विडंबना

"मध्यमवर्गीय परिवार में व्यक्ति आकांक्षाओं और उत्सुकताओं के मध्य गिरा रहता है । समाज सबके साथ न्याय नहीं करता है, हां अन्याय जरूर नियमावली से पूरित होता है । एक नन्ही जान ना ही आकांक्षा पूरी कर पता है, ना ही दूसरों की अपेक्षाएं पर खरा उतर पाता है और फिर उसे तोला जाता है विभिन्न प्रकार की कुरीतियों से ओत - प्रोत मापकों पर ।

उच्च प्रतिष्ठित पद पर आसीन व्यक्ति भले ही कुकृत्य कर ले, रिश्वत ले सब उसका हक बता कर चुप पड़ जाते हैं परंतु आम व्यक्ति हक तो दूर की बात है आवश्यकता भी पूरी नहीं कर पाते हैं ।"

''अरी सुनती हो? "अधेड़ उम्र के व्यक्ति ने गला फाड़कर पुकारा। " बहरी नहीं हूँ। सब सुनाई देता है मुझे।" हाथ में चमचा लेकर खड़ी नहिला किसी दुर्गा से कम प्रतीत नहीं हो रही थी। उसकी आँखों में पूरी दिनचर्या को सम्पूर्ण करने का ज़िम्मा दिखाई दे रहा था। अधेड़ से दिखने वाले सतीश जिसकी रंगत सुर्ख हो चुकी थी। बाल सफ़ेद हो वो आए थे , मुँह में गड्डे जगह बना रहे थे । ऐसा हाल यौवनावस्था में भारत के

हर एक आम व्यक्ति का देखा जा सकता है जो भागती जा रही ज़िंदगी की रेल में आहिस्ता आहिस्ता हिल डुल एक पड़ाव से दूसरे पड़ाव तक पहुँचता है।

" कुछ नहीं माया, वों मेरी शर्ट नहीं मिल रही है। सहमते हुए सतीश ने पूछा।

"हेमंत को दी थी मैंने इस्त्री करके ,पूछो उससे” अंगारे उड़ेलते हुए माया ने किचन की बागडोर पुनः संभाल ली।

    "हेमंत ,हेमंत, कहाँ हों?

"आया पिताजी" तेज़ी से छत से सीढ़ी उतरते हुए हेमंत सहमा हुआ बोला -जी पिताजी

"सर मेरी शर्ट कहा हैं?”- अट्टहास व्यंगात्मक भाव में कहा।

"माफ़ करना पिताजी, देना भूल गया। वो पढ़ाई में व्यस्त हो गया था , अभी लाता हूँ।”

"ये रही पिताजी,” आँखें चौड़ींकर प्रसन्नता में कहा।

"धन्यवाद श्रीमान जी।” जूते के फ़ीते को गूथते हुए सतीश ने पुत्र की प्रसन्न भाव को पकड़ा और कहा ख़ुश तो ऐसे हो रहे हो जैसे सरकारी नौकरी मिल गई है ।

෴

    यूं समझ लीजिए हेमंत अब बेरोजगार था और बेरोजगारी का दर्द एक बेरोजगार ही समझ सकता है ,जहां भर के ताने तो उसे हवा पानी जैसे नितांत जरूरी हो जाते हैं। सदमा तो तब लगता है जब अपना कोई इस दुखती रख पर हाथ रख दे। कोई रिश्तेदार एक वक्त का खाना पीना भूल सकता है मगर जब कोई बेरोजगार पास में हो तो वही उसे एक बढ़ते समाज में एक अवरोधक प्रतीत होने लगता है। जानते हुए भी बेटा आजकल क्या कर रहे हो ? जरूर पूछा जाता है ।

    "अबे !बोल ना सांप सूंघ गया क्या? मूवी देखने चलें क्या ?”–हेमंत को गहरी सोच से जगाते हुए उसके दोस्त रवि ने पूछा।

" नहीं- नहीं यार घर वालों को आजकल एक मौका चाहिए होता है बस ।

तू जा मुझे नहीं जाना.”

“ अरे क्यों मूड खराब करता है, सबके घरवाले ऐसे ही करते हैं।” हेमंत ने रवि को गुस्सैल नजरों से देखा।

रवि पिछले 3- 4 सालों से एक प्राइवेट कंपनी में कार्यरत था।कुछ समय पहले तक वह हेमंत के दर्द को समझ सकता था परंतु अब वह बेरोजगार नहीं रहा था।

मध्यमवर्गीय परिवार में व्यक्ति आकांक्षाओं और उत्सुकताओं के मध्य गिरा रहता है । समाज सबके साथ न्याय नहीं करता है, हां अन्याय जरूर नियमावली से पूरित होता है । एक नन्ही जान ना ही आकांक्षा पूरी कर पता है, ना ही दूसरों की अपेक्षाएं पर खरा उतर पाता है और फिर उसे तोला जाता है विभिन्न प्रकार की कुरीतियों से ओत - प्रोत मापकों पर । उच्च प्रतिष्ठित पद पर आसीन व्यक्ति भले ही कुकृत्य कर ले, रिश्वत ले सब उसका हक बता कर चुप पड़ जाते हैं परंतु आम व्यक्ति हक तो दूर की बात है आवश्यकता भी पूरी नहीं कर पाते हैं ।

रवि को अलविदा कह हेमंत सब्जी वाले की तरफ बढ़ जाता है।

༄

“अंकल जी !एक किलोग्राम आलू 1 किलोग्राम प्याज दे देना” “जी हां भैया अभी करवाता हूं”- मुस्कुराते हुए सब्जी वाले ने कहा।

हेमंत की नजर में हर एक रोजगारपूर्ण व्यक्ति बहुत ही सुखी व समृद्ध होता है ।

उसकी नजर में सब्जी वाला आम नहीं होकर एक मेहनतकश ,ईमानदार व कर्मठ व्यक्ति है।

“ यह लीजिए भैया जी”– हेमंत को सब्जी देते हुए कहा। “छुट्टी आए लगते हो बेटा जी”

“ जी हां अंकल जी”

दोनों एक दूसरे को अभिवादन स्वरूप नमस्कार का आदान प्रदान करते हैं।

༄

सुरेश जी ने बैग रखकर ऑफिस में एक नजर घुमाई ।कोई दिखाई नहीं दिया तो अपने घड़ी की तरफ देखा। 10:30 AM हो रहे थे और इस तरह सभी की अनुपस्थिति असामान्य थी। सुरेश जी प्राइवेट कंपनी में मैनेजर के पद पर कार्यरत थे । यह कंपनी एकाउंटिंग व फाइनेंस को देखने का कार्य करती थी ।

"पता नहीं कहां चले गए? चलो चल कर

देखता हूं ।" इधर-उधर झांकते हुए डेस्क की भूल भुलैया में से निकलने लगे। यहां हर व्यक्ति के लिए कागज के गत्तों से सुसज्जित एक केबिन बनाई गई थी । जहां लोग आते तो बहुत सारे सपनों के साथ थे मगर यही 9 से 5 के बीच घड़ी के पहिए माफिक समय को दोहराते रहते ,यूंही उनके सपने दम तोड़ते रहते ।

इतने में चाय लेकर आता हुआ मोहन उन्हें दिखाई दिया ।

"अरे मोहन कहां है भाई सब ?" चाय को निहारते हुए पूछा

" सर !आप नहीं गए क्या ।"

" कहा नहीं गए ?"

"अरे सर विजय कौशिक जी है ना ।"

" वही जो आर्मी से रिटायर हैं। 5- 6 महीने ही तो हुए हैं उन्हें । जानता तो नहीं ठीक से ,वैसे हुआ क्या है ?"

चाय की प्याली को पकड़ कर उत्सुकता में सुरेश जी ने पूछा ।

"अरे !उनकी छोटे बेटे ने सुसाइड करने की कोशिश की है ."

"क्या ?"- चिल्लाते हुए व्याग्र स्वर में सुरेश जी ने कहा ।

सुरेश जी के संवेदांग कुछ समय के लिए सुन्न पड़ गए थे। खुद को संभालने हेतु पास में पड़ी कुर्सी पर बैठ गए और चाय के कप को प्याली सहित डेस्क पर रख दिया। अपने दाएं बाएं देखते हुए कौशिक जी के साथ हुई उनकी वार्तालापों को अपने मस्तिष्क की गहराइयों में से टटोलने लगे । इतना खास जानते नहीं थे। मैनेजर और बॉस होने के कारण हर कर्मचारी से एक फैसला रखना वो उचित समझते थे । उनका हंसता हुआ तेज युक्त चेहरा उनकी रोदन व गमगीन चेहरे से आंकलित करने लगे कि पता नहीं किस हाल में होंगे ।क्या बीत रही होगी उन पर ।एक पिता जो थे पिता के गम को भली-भांति वह समझ सकते थे।

"साहब ! साहब !आप ठीक हो?"

" हां... हां ..मैं ठीक हूं । कैसे हुआ ये सब .."

सुरेश जी को बीच में टोक कर मोहन ने कहा,"मेरी बात हुई थी सर उनसे ।सिटी हॉस्पिटल में एडमिट है उनका बच्चा । ऑफिस के लोग वहीं गए हैं ,वो मुझे बता कर गए हैं कि सर से बोल देना। " "अरे वो सब छोड़िए । तबीयत ठीक है ना बच्चे की ? "

"हां सर ,अभी ठीक बता रहे हैं पर आईसीयू में भर्ती हैं । डॉक्टर बोल रहे हैं कि सब ठीक है ।"

"थैंक गॉड "- सुरेश ने राहत की सांस ली।

" हां सर, भगवान का शुक्रिया ,जो बहन समय पर बच्चे के रूम में पहुंच गई ।उसने बहुत सारी नींद की गोलियां खा ली थी, उल्टियां कर रहा था ।बच्ची ने एंबुलेंस बुलाकर तुरंत अस्पताल पहुंचा दिया, नहीं तो अनर्थ हो जाता।"- मोहन भी पास में रखी कुर्सी को खींचकर उस पर बैठ गया।

" कौशिक जी को कब पता चला?"

" ऑफिस पहुंचे ही थे, तभी बच्ची का अस्पताल पहुंचने के लिए कॉल आ गया था ।"- थोड़ी देर सोचने के बाद सुरेश जी बोले,“ आजकल के बच्चेभी बेवकूफ हैं। छोटी-छोटी बातों को दिल में रख लेते हैं । भला यह पाप कोई करता है क्या ? कहां ही जा रही है यह पीढ़ी ।"

भर्त्सना करते हुए कहा ।

"हां सर ! यह भी है ।एक दिन परेशान थे कौशिक जी ,मैंने पूछा तो बच्चे का बताने लगे। बड़े परेशान थे बच्चे को लेकर ।दो-तीन साल से मेडिकल एग्जाम की तैयारी कर रहा था पर सफलता हाथ ही नहीं लग रही है। बड़े गर्व से कह रहे थे कि मेरे बच्चे को 1 दिन डॉक्टर जरूर बनाऊंगा मोहन जी ।"मुस्कुराते हुए मोहन ने बताया।

" अरे असफलता मिलेगी तो क्या आत्महत्या कर लोगे । यह तो जघन्य अपराध है ।"

"सही कह रहे हो सर! हम तो छोटे आदमी है श्रीमान, बच्चों से यही कहते हैं बेटा जिस काम से तुम्हारा मन प्रसन्न रहे । जिससे करते हुए थकान भी तुम्हें आशीर्वाद लगे ,वही करना परंतु ईमानदारी व लगन से ।है कि नहीं साहब । जिंदगी भला एक बार मिलती है ,उसे ऐसे क्यों खत्म

करना पर एक बात तो है साहब आजकल तनाव व प्रतियोगिता भी बड़ी हो गई है । इस माहौल में, इस उम्र में सीख भी उन्हें ताना सी लगती है । शायद कौशिक जी की कोई बात का बुरा मान गया हो बच्चा ? "
इतने कम पढ़े-लिखे व्यक्ति से इतनी भली व भारी बातें सुनकर सुरेश जी स्तब्ध व सोच में पड़ गए । वो मन ही मन सुरेश से रजामंद थे ।
"चलिए सर ! मैं जाता हूं । चाय की दुकान भी देखनी है " घड़ी की तरफ देखकर चपलता से मोहन खड़ा होकर निकल जाता है ।

सुरेश जी उसे दरवाजे से जाते हुए देखते हैं और पूरी ऑफिस में नजर घुमाते हैं । आज खाली पड़ी डेस्क मायूस व भयावह लग रहे थे।

अपने केबिन से बाहर आकर भरी हुई ऑफिस में जब वह प्रवेश करते थे तो पाते थे कहीं लोग कागजी दस्तावेजों का आदान-प्रदान करते हुए ,तो कहीं वीकेंड की योजनाओं पर विचार विमर्श हो रहे होते तो कहीं ऑफिस में प्यार परवान चढ़ रहा होता तो कोई लंच में लेकर आए खाने पर चर्चाएं कर रहा होता। आज यह घोर खालीपन सुरेश को काटने को दौड़ रहा था । सुरेश के मन में कर्मचारियों के प्रति कटु रुख व कभी दी हुई डांट - डपट याद आने लगी । खुद से ही बात करते हुए कहने लगे कि अगर मैं मेरा कर्तव्य नहीं पूरा करूंगा तो कार्य भी तो नहीं होगा । मैंने कभी किसी को जरूरी कार्य लगने पर नहीं रोका, जिम्मेदारी होने पर कमियां बताना भी मेरा फर्ज है। सुरेश का मन व्यथित व चिंतित हो चुका था कि शायद वह अच्छा बॉस नहीं बन पाया ।

उतने में ही विचारों के समुद्र मंथन में उसे अपने बेटे हेमंत का चेहरा सहसा उत्पन्न हुआ । बॉस तो छोड़ो शायद में एक अच्छा पिता भी नहीं हूं । यह सोचकर सुरेश याद करने लगा कि आज ही कैसे रुखे व्यवहार से हेमंत से उसने बात की ।

क्या वह अपने भविष्य को लेकर इतना लापरवाह है ? ...नहीं.. कतई नहीं.. बिल्कुल नहीं इतने दिनों में बाहर रहने के दौरान कभी भी कोई इच्छा जो अक्सर किशोर उम्र के बच्चे करते हैं ,नहीं की । मां की मदद करने में भी वो कभी नहीं चूकता । उसका फोन भी कितना पुराना हो गया है... लेकिन आज तक एक बार भी बदलने को उसने नहीं कहा और मैं अपने सहकर्मियों के बच्चों से उसकी तुलना करता हूं। मैंने कभी क्यों

इन छोटी बातों की सराहना नहीं की।

सुरेश तीव्र वेग से खड़ा हुआ, अपने केबिन में गया । टिफिन और ऑफिस बैग उठाया तुरंत सोचते हुए दरवाजे से बाहर आकर सीढ़ियों से उतरने लगा,“ है भगवान! कितना मूर्ख पिता हूं मैं ।आज ही बेरुखी से ज्ञान दिया है ,कहीं हेमंत को कुछ बुरा ना लगा हो और भावुक होकर कहीं कोई गलत कदम.........”खुदको मन ही मन में टोकते हुए उन्होंने कहा । “... नहीं ..नहीं ..सब ठीक है । मैं ज्यादा ही सोच रहा हूं । क्यों ना कॉल करके पूछ लूं ।” स्कूटी के ऊपर बैग रखकर फोन किया, दो-तीन बार लंबी घंटी के बाद भी हेमंत ने फोन पिक नहीं किया। “किसी काम में व्यस्त होगा।”- उमा के पास कॉल करके पूछता हूं । स्कूटी पर सामान व्यवस्थित रखकर बैठते हुए कॉल किया। घंटी जाती रही परंतु किसी ने नहीं उठाया तो मन के घोड़े अस्तबल से निकलकर अनियंत्रित हो चुके थे । बार-बार बुरे ख्याल सुरेश के मन को घेर चुके थे जिन्हें सुरेश बार-बार खुद से सब ठीक है ,डोंट वरी कहते हुए भगा रहा था ।

' दोनों कहीं व्यस्त होंगे ।आधे घंटे की ही तो बात है फालतू में ज्यादा सोच रहा हूं ।अभी उधर ही तो चल रहा हूं ।”- सुरेश ने स्विच ऑन कर स्कूटी शुरू कर दी और घर की ओर दौड़ा दी ।

❧

मोहन सही कह रहा था हम बच्चे का अच्छा जरुर सोचते हैं परंतु उसे अच्छा व मनचाहा करने का मौका ही नहीं देते हैं । हे प्रभु मुझे माफ करना ,सब ठीक रखना मैं आज से और अच्छा व्यक्तित्व, अच्छा इंसान बनने की भरपूर कोशिश करूंगा ।

स्कूटी सरपट दौड़े चली जा रही थी। मस्तिष्क में घर का रास्ता पूर्व अंकित था। स्कूटी मोड अनुसार मुड़ रही थी परंतु सुरेश की समस्त इंद्रिया घर के ईद- गिर्द विचरण कर रही थी । इतने लंबे इंतजार के बाद कॉलोनी आई । सुरेश की गति और तेज हुई और फिर धीमी होकर दाएं ओर अपने घर की ओर मुड़ी । सुरेश की निगाह गली में चार-पांच मकान छोड़कर अपने मकान की तरफ गई और दंग रह गया। घर के बाहर लोगों का जमावड़ा था महिलाएं एक जगह को घेरे खड़ी हुई थी ।

सुरेश के पैरों तले धरती खिसक गई । स्कूटी को वहीं छोड़ पैदल भाग निकला ,उसके मन में हेमंत का हंसता हुआ ओजपूर्ण चेहरा घूमने लगा । गोद में लेने से लेकर आज तक के सारे पल मस्तिष्क में चक्रित रूप से एक साथ घूम रहे थे । उसे खुद पर गुस्सा आने के साथ-साथ हेमंत को सोचते हुए रोना आ रहा था । भीड़ में लोग एक दूसरे पर लदे हुए थे , होहल्ला था ।

सब एक दूसरे को हटाकर भीड़ के मध्य में स्थित मंजर को देखने का भरसक प्रयत्न कर रहे थे । रुआंसी आवाज में सुरेश जी ने दूर से ही चिल्लाना शुरू कर दिया । "हेमंत...मेरे बेटे हेमंत ....हटो हटो सब..." कतार को चीरते हुए अंदर प्रवेश करने की कोशिश करते हैं। हेमंत भीड़ तक पहुंचने का समय सुरेश के लिए एक अरसा सा लंबा हो गया था तभी एक मोहक आवाज ने सुरेश का ध्यान अपनी तरफ आकर्षित किया ।

".... पापा.. पापा हां पिताजी क्या हुआ ।"हेमंत ने कहा वह एक घायल कुतिया को मरहम - पट्टी लग रहा था ।
'पापा ठीक हो आप ? क्या हुआ? ' खड़े होकर हेमंत ने पूछा ।
सुरेश का लाल और रोता हुआ चेहरा देख हेमंत चिंतित हुआ सुरेश भीड़ में स्तब्ध खड़ा होकर सारा माजरा देखने की कोशिश कर रहा था ।
"..हेमंत ..तुम ठीक हो ना.." हेमंत को टटोलते हुए सुरेश जी ने पूछा।
अश्रुधार के साथ हेमंत को अपनी छाती से लगा लिया ।
".....हेमंत !...... तुम ठीक हो ना.. मुझे माफ कर देना ......"
उमा सुरेश की चीख पुकार सुनकर काम छोड़कर बाहर आ गई थी ।वह और सारी भीड़ भी इस भावुक नजारे को देख रही थी।
" पापा !आप ठीक तो हो ना ?" भीड़ में और लोग भी हाल-चाल पूछने लगे ।
" सॉरी..... सॉरी ...इतनी भीड़ देखकर मैं डर गया था कि पता नहीं क्या हादसा हो गया है ।"पसीने को पोंछते हुए सुरेश ने जवाब दिया ।
"अरे !पिताजी कोई इस बेचारी पिंकी (कुतिया) पर गाड़ी चढ़ा गया था। तेजी से एक गाड़ी आई और सोती हुई पर ...."
इतनी में एक महिला ने टोका," लोगों को पता नहीं ,कहां की जल्दी है । भीड़ में से सभी लोग एक स्वर में बोले , "हम्म"

उमा पास में आई और सुरेश की दशा भांपते हुए टिफिन और बैग सुरेश के हाथ से लिया ।

उसके हाथ पांव अभी भी कंपित थे ।

"चलो ,मैं चाय बनाती हूं ।"

"नहीं... नहीं.. तुम परेशान मत हो हेमंत बना देगा ना ।

कॉफी बहुत अच्छी बनाता है एकदम कड़क । " हेमंत की तरफ देखते हुए मुस्कुराते हुए कहा।

" हां पिताजी! आप हाथ मुंह धो के फ्रेश हो लो ,मैं 5 मिनट में आता हूं "- हेमंत के चक्षु खुशी से प्रसारित और प्रज्वलित हो गए ।

10

तुलसी

"आज के आधुनिक युग में राम अवतार जी को ईश्वर ने एक सुलक्षणी, संस्कारी व संवेदनशील पुत्री का तोहफा दिया था ।। रामावतार जी खुद को बड़ा भाग्यशाली समझते थे । आज लग रहा था जैसे सौभाग्य उनके हाथ से फिसल रहा था। बार-बार सोचते हुए रोंगटे खड़े हो जाते, की कौन अब उनकी स्पेशल चाय का ध्यान रखेगा, कौन अब ऑफिस से आते हुए भाग कर बैग पकडने आएगा । कौन अब मुझे मां की तरह दवाई न लेने के लिए डांटेगा । बच्ची थी तो कैसे झट से कंधों पर चढ़कर घोड़ा बनने के लिए मुझे विनती करती थी । पूरे दिन भर की थकान उसकी मुस्कान भर से ओझिल हो जाती थी ।
"

नवंबर की मीठी सर्द रात को समाप्त कर चंद्रमा बादलों में विलुप्त हो गया था ,सूर्य ने बाहें फैला कर लालिमा बिखेर दी थी जो चहुंओर ओसरूपी बूँदों को को पारस जैसे रूपवान बना रही थी ।

भरतपुर की गलियों में चहलकदमी शुरू हो चुकी थी। झाड़ू वाला मुंह को ढक कर गंदगी हटा रहा था तो कहीं पार्क में लोग जॉगिंग करते हुए

बतिया रहे थे । घरों में अदरक कूटने से उत्पन्न हुई आवाज को सुना जा सकता था ,गायें रात भर की सुस्ती काट कर जुगाली करते हुए चपाती देने वाली मालकिन के घर के आगे प्रिय आवाज में रभा रही थीं।

राम अवतार जी की निद्रा अखबार के गिरने के साथ-साथ "राधे-राधे अंकल जी" की आवाज से टूटी ,आंखें मलते हुए बेड पर बैठकर फर्श को स्पर्श किया ,हाथ जोड़कर प्रभु को याद किया और ग्लासेस पहनकर कमरे से बाहर आए ।अखबार को खोलते हुए पलट कर देखने लगे,फिर चश्मे को अच्छे से सेट कर दृष्टि को अखबार पर अभिकेंद्रित करने की कोशिश की ,अकस्मात उनकी निगाह चौक में पड़ी । चेहरे पर स्फूर्ति के साथ मुस्कुराहट बिखर पड़ी सामने बड़े से चौक में राम अवतार जी की 25 वर्षीय बेटी हेमलता सूर्य नमस्कार करते हुए, जल अर्पण कर तुलसी की गिरी हुई पत्तियों को एकत्रित कर हाथ जोड़ते हुए परिक्रमा कर रही थी । उसने अपने पिता को खुद को देखते हुए देखा और कहा ।-"जग गए पापा !,चाय ले आऊं ?"

रामवतार-हाँ बेटा,और अपने भाई को भी जगा देना ।

हेमलता- भैया को सोने दो पापा अभी, रात को भी बहुत लेट तक सोया है ।

रामवतार- मैं तुम्हरी मम्मी (स्नेहा) को जगाता हूं।

๛

आज रामवतार जी जितने प्रसन्न थे उतने ही आशंकित व भयभीत भी थे । उनकी इकलौती बेटी की आज शादी थी और हर पिता का सबसे अहम धर्म व कर्तव्य पुत्री को श्रेष्ठ व सर्वोत्तम पारिवारिक वर पक्ष उपलब्ध करवाना होता है ।आज राम अवतार के लिए बहुत बड़ा दिन था। पिता होने के नाते रामवतार के लिए आज का दिन कोई अकस्मात नहीं था। हेमलता के जन्म लेने से आज तक की दरम्यान रामावतार जी ने सब कुछ पूर्व में ही सोचा हुआ था फिर चाहे हेमलता की शिक्षा हेतु धन अर्जित रखना या फिर शादी व्यवस्था हेतु धन की व्यवस्था करना हो ।

और यह स्वाभाविक भी है,अगर आप पिता बनते हैं तो जिम्मेदारी नजराने में आती है, ऊपर से बच्ची के पिता होने पर तो जिम्मेदारियां

और कहीं ज्यादा बढ़ जाती हैं ।

आज के आधुनिक युग में जहां एक और महंगाई बढ़ रही है वहीं दूसरी ओर असुरक्षा भी अपने कदम फैला रही है।

बीते दशकों में सोशल मीडिया ने युवाओं को ड्रग से भी बढ़कर आदि बना दिया । समाज में प्रत्यक्ष-अप्रत्यक्ष रूप से विवाह का संयम-नियम चाल-चलन सब बदल चुका था ।

आज के आधुनिक युग में राम अवतार जी को ईश्वर ने एक सुलक्षणी, संस्कारी व संवेदनशील पुत्री का तोहफा दिया था ।। रामवतार जी खुद को बड़ा भाग्यशाली समझते थे । आज लग रहा था जैसे सौभाग्य उनके हाथ से फिसल रहा था। बार-बार सोचते हुए रोंगटे खड़े हो जाते,की कौन अब उनकी स्पेशल चाय का ध्यान रखेगा, कौन अब ऑफिस से आते हुए भाग कर बैग पकडने आएगा । कौन अब मुझे मां की तरह दवाई न लेने के लिए डांटेगा । बच्ची थी तो कैसे झट से कंधों पर चढ़कर घोड़ा बनने के लिए मुझे विनती करती थी । पूरे दिन भर की थकान उसकी मुस्कान भर से ओझिल हो जाती थी । चाय को सुड़कते हुए सीढ़ियो से नीचे उतरकर हेमलता के भाई नवीन को रामावतार जी ने इशारे से बुलाया।

रामवतार- हलवाई से बात हो गई है । आने ही वाला है, डेकोरेशन वाले से बात हुई क्या ?

नवीन- जी हां ,पापा हो गई, पैसे ज्यादा ले रहा था। चाचा ने बात करी तब 80000 तक माना है। रामवतार-80000 (चौंकते हुए) राम अवतार के भाई जय राम ने कहा," एक लाख मांग रहा था जैसे तैसे कम हुआ है ।

रामवतार -महंगाई डायन खाए जात है ।देख रहा है जय हमारी शादियों में   ₹10000 की क्या सजावट हुई थी ।

जय-हां एक वह भी जमाना था। खैर छोड़िए ।सुनिए !तैयार हो जाइये विवाह स्थल जाकर व्यवस्थाएं भी देखनी है ।चाय की कप को रखते हुए जय ने कहा ।

◌‿◌

विवाह स्थल शहर से बाहर शांतिपूर्ण रमणीय स्थान पर था। जहां जोर-शोर से पूर्व तैयारी चल रही थी ।सफाई कर्मी सफाई में व्यस्त थे लाइटिंग

वाले और सजावट वाले अपने स्थान का पूर्वांकन करने में लगे थे ,बीच में ही अतिथियों के खाना खाते समय आराम हेतु शामियाना लगाया हुआ था । रामवतार जी मैरिज होम के मालिक कृष्ण गोयल के साथ बैठकर चर्चाएं कर रहे थे।

कृष्ण गोयल -रामवतार जी ! आप बेफिक्र रहिए ।हेमलता मेरी भी बेटी जैसी ही है ।कोई कमी नहीं आने देंगे ।मैं स्वयं अपनी स्तर पर जांच पड़ताल कर रहा हूं।

रामवतार - जी बहुत-बहुत धन्यवाद कृष्णा जी ।विवाह में जितने सावधान हाथ समर्पित होते हैं उतना ही सफल कार्यक्रम आयोजित होता है ।

कृष्ण गोयल -जी बिल्कुल सही कहा आपने । वैसे बारात कितने बजे आएगी ।

रामवतार -जयपुर से आने में 4 से 4:30 घंटे लगते हैं तो आप तो 6:00 बजे मान कर चलिए।

इतने में ही जय फोन को रामवतार जी को पकड़ते हुए धीरे से बोलता है,"भैया सेठ जी का फोन है। एक बार बात कर लीजिए । "सतर्क होते हुए रामवतार जी खड़े होकर एक तरफ जाकर बात करते हैं ।

"रामवतार जी कहां हो?"

" मैं मैरिज होम हूँ ।बोलिए इंतजाम हुआ कि नहीं ?"

" 40 लाख तो नहीं हो पाए, 10 लाख का इंतजाम हो गया है । आप यहां से होते जाएं तो लेते हुए जाना ।"

"पर सेठ जी ! 40 की तो हामी भर दी थी ना आपने । आज के दिन में कहां से इंतजाम करूंगा मना करना था तो पहले ही करना चाहिए था ।

"रामवतार जी चिंता मत करिए, आप पहले दुकान पर आओ । बच्ची का सामान व पैसे ले जाइए ।मैं एक-दो जगह और पूछता हूं । "

"हां मैं फ्री होकर आता हूं । मैं भी इधर-उधर पूछता हूं। चलिए अलविदा।" चिंतित होते हुए फोन काटा ।

जय- क्या हुआ भैया !खैरियत सब ?

रामवतार जी कृष्ण जी को अलविदा कहकर विवाह स्थल से निकलते हुए सारा माजरा जय को बताते हैं ।

सेठ हनुमान जी शहर के प्रसिद्ध ज्वेलर्स थे और रामवतार के परिवारिक शादी समारोह में आभूषण संबंधित सामान भी यही से खरीदा जाता था ।जरूरत पड़ने पर पैसे भी उधार लिए जाते जो सेठ जी ब्याज पर देते थे।

रामावतार जी अपने घर के बड़े सदस्यों के साथ सांय 3 बजे कमरे में बैठे हुए थे ।

स्नेहा - अजी! आपने भी पहले इंतजाम करना था ना । इस वक्त तैयारी करें या पैसे मांगे ।

रामवतार - आज तक कभी हुआ है ? हनुमान जी वायदा करके मुकरे हो ?समय सही नहीं है हमारा ।

घर के ही एक बुजुर्ग व्यक्ति कहते हैं -कितने का इंतजाम हुआ ?

रामवतार -यही कोई 15-20 लाख का इंतजाम हो गया है। 10 लाख कुछ जय ने अपनी सेविंग में से दे दिए हैं, बाकी के इधर-उधर से किए गए हैं । ....रुआँसी आवाज़ में गला भरकर रामवतार जी ने कहा...अब कोई नहीं बचा है जिससे मैं उधर माँगू..”

बुजुर्ग व्यक्ति ने रामवतार जी से गर्मजोशी से कहा, “अरे !फिक्र क्यों करते हो? सब इंतजाम हो जाएगा । बात कर लेंगे, जो बचा है बाद में दे देंगे । अब रिश्तेदारी हुई है तो कुछ तो धर्म बनता है उनका भी।”

स्नेहा ने खड़े होकर परेशान होते हुए कहा , “दादाजी ! वो बड़े लोग हैं और पैसे से जितने धनवान होते हैं,वो उतने ही अधिक व्यावहारिक भी ...वो आप हम लोगों जैसे नहीं सोचते हैं.... कहीं कुछ गड़बड़ नहीं हो जाए ।

“अरे भाभी ! आप बेफिक्र रहिये। शादी की रस्में कीजिए ।हम देख लेंगे ।”-जय समझाते हुई स्नेहा को बाहर छोड़कर आता है।

स्नेहा और सभी परिवारी जन अब एक ही आस के मोहताज थे कि वरपक्ष को बता दिया जाए ताकि सभी तनाव मुक्त हों। रामवतार जी पेशे से प्रोफेसर थे । इतने बच्चों को शिक्षा प्रदान की थी चेहरे पढ़ना उनकी कला में शामिल था और सबसे ज्यादा तनाव में रत थे पर कोई और उपाय भी नहीं था तो सब कुछ ठाकुर जी के कर कमलों पर ही सौंप दिया

था ।

व्यक्ति जब ईमानदार होता है ,जब वह सुकर्मों की गठरी साथ लेकर अग्रसर होता है तो आत्मविश्वास के साथ प्रभु की छत्रछाया भी समेकित हो जाती है । रामवतार जी भी मन को यही समझा रहे थे कि आज तक किसी का बुरा नहीं किया है तो मेरी फूल सी बच्ची के साथ प्रभु अन्याय नहीं होने देंगे।

आधुनिकता के नाम पर शादियों में शक्ति प्रदर्शन खोखले समाज को प्रदर्शित करता है ।जब वर पक्ष को लगन दी जाती है तब तोहफे स्वरूप दी गई सामग्रियों को नाई जोर-जोर से पढ़ कर सुनाते हैं ,जी हां आप जिसे दहेज कहते हैं ,यह वही तोहफे होते हैं जिन्हें हर बाप पाई -पाई , दिन-रात जोड़ते हैं ताकि उसकी बिटिया रानी हर एक सुख चैन से ससुराल में रह सके।

हालांकि आधुनिक समय में वैचारिक क्रांति ने पिताओं के मनों को भी टटोला है । एक सोच रहती है कि मैं मेरी बच्ची को आत्मनिर्भर बनाऊंगा, दहेज में पैसे देने से बेहतर है उसको एक बेहतर शिक्षा उपलब्ध करवाऊंगा ।

सोच बशर्तें सही है ,रामवतार जी ने भी यही किया । हेमलता को अव्वल दर्जे की शिक्षा दी और उसे शिक्षका बनाया पर हाय ! यह दोगला समाज, यहां आत्मनिर्भरताओं के भी दर्जे या स्तर अलग-अलग हैं। एक है कुलीन वर्ग की आत्मनिर्भरता, जिसमें डॉक्टर सिविल ऑफिसर है और ज्यादा अधिकारी आते हैं, फिर मध्यम वर्ग जिसमें जीवनयापन मात्र आजीविकाएं आती हैं और जब उच्चतम वर्ग में प्रवेशित होना होता है तो देना पड़ता है कर, जिसे आम भाषा में दहेज कहा जाता है ।

"रामवतार जी ! सोचने लगे विवाह की मध्यस्थता करवाने वाले सुमित जी ने कहा था," देखिये प्रोफेसर साहब, दहेज नहीं है यह । दहेज के सख्त खिलाफ हैं हम। अगर हम आपसे जोर -जबरन करें और आप विवस होकर व्यवस्था करें ,वह दहेज होता है बाकी देखिए चार लोग आएंगे दूल्हा डॉक्टिर है घराना उच्च है खानदान की इज्जत के लिए

*वैवाहिक व्यवस्था में खर्च तो होता ही है। बच्ची टीचर है
तो मांग जांच की तो गुंजाइश ही नहीं है ।रामवतार जी !...
चार लोग आएंगे बात करेंगे क्या मिला ? बच्ची के घर वालों
ने क्या दिया ..."और आहिस्ता-आहिस्ता अंतिम व्यवस्था
की बात शुरू हुई तो कह दिया, " देखिए रामवतार जी एक
गाड़ी फॉर्च्यूनर और हाथ में पैसे 60 लाख ...बस बाकी फर्नीचर
,टीवी ,फ्रिज सब है ..ईश्वर की कृपा से।"*

*दूसरे साहब बोले ,"वाह जी वाह ! कितनी बड़ी बात कह दी
इतना तो समाज के लिए करना ही पड़ता है ।""*

෨

शाम के 6 बज चुके थ।विवाह स्थल रंग बिरंगी लाइटों की रोशनी से
अलंकृत हो रहा था। हवा में नाना प्रकार की परफ्यूम्स की महक घुल
रही थी । रामवतार जी सिर पर वधू पक्ष का स्पेशल गुलाबी साफा और
वैवाहिक परिधान में विवाह स्थल के मुख्य गेट पर मेहमानों को होस्ट
कर रहे थे ।

नवीन -पिताजी बारात आ गई है । मंदिर से चढ़ाई शुरू होने वाली है ,मैं
दीदी को बता कर आता हूं ।

नवीन तेजी से मुस्कुराता हुआ भाग कर चला जाता है। बैंड बाजा और
वादन यंत्रों की ध्वनि और उस पर थिरकते हुए बाराती मुख्य गेट से
स्पष्ट दिखाई दे रहे थे। जैसे-जैसे वर पक्ष और बाराती विवाह स्थल के
पास आ रहे थे वैसे-वैसे रामवतार की हृदय स्पंदन दर अश्व वेग से भी
अधिक दौड़ रही थी । चेहरे पर मुस्कान के साथ गर्म जोशी से मिलन
कार्य उन्होंने मस्तिष्क पर छोड़ रखा था ,हृदय में तो बस चल रहा था
कि क्या कहेंगे ? सब ठीक तो हो जाएगा । इतनी भी संकुचित सोच नहीं
होगी । दामाद जी तो इतने विलक्षण, प्रतिभाशाली हैं, वो तो समझेंगे ही
। सारी वार्तालापें अबाध्य रूप से रामवतार जी के मन में क्रियाशील थी ।

इतने में जय ,नवीन और घर के अन्य परिवारीजन फूलमालाओं के
साथ मुख्य द्वार पर स्वागत हेतु कतारबद्ध हो जाते हैं ।

जय-"सुनो भैया! स्वागत पश्चात समधी जी और बिजोलिया जी से वार्तालाप करनी है ,ताकि इन अनमोल पलों का लुफ्त उठा सकें । मंडप स्थल के पास वाले रूम में बैठने की व्यवस्था करवा दी गई है , ओके !"

रामवतार,-दूसरे कमरों की व्यवस्था भी देख ली है ना ? ठहरने में किसी तरह की कोई असुविधा नहीं होनी चाहिए मेहमानों को ।

जय -हां ,आप चिंता मत करिए । लेडिस रूम व जेंट्स रूम अलग-अलग रखे गए हैं ,काफी रूम है । किसी भी मेहमान को किसी प्रकार की समस्या का सामना नहीं करना पड़ेगा ।

बारात के द्वार पर आते ही फूल-मालाएं डालकर स्वागत किया जाता है । प्रवेश द्वार से विवाह स्थल के अंदर तक कालीन व सजावट की गई थी वर व वधु पक्ष आपस में गले मिलन व हाथों के मिलाने से नाच गान शुरू किया जाता है। बारातियों में तीन चार लोग समूह में बैंड बाजों की धुन में नृत्य प्रदर्शन में तारम्यता दिखा रहे थे ,तो कहीं कोई किसी को नाचने हेतु खींच रहा था, कुछ वयस्क लोग वेटर से इशारे में पानी पिलाने की कह रहे थे ।दूल्हा बगी पर बैठकर राजा जैसे प्रजा का मदमोहक नृत्य देखकर मंत्र मुग्ध हो रहा था ।

उसके दोनों ओर मेहमान अपने बच्चों को बिठाकर फोटोस व सेल्फिश खिंचवाने में व्यस्त थी । इसी बीच अकस्मात आकाश में आतिशबाजियां शुरू हो जाती हैं । सभी लोग एक टक होकर कुछ देर तक रंग बिरंगी फूटती, सिमटती आतिशबाजियों को देखते हैं । होहल्ला व कोलाहल आतिशबाजी खत्म होते ही पुनः शुरू हो जाता है ।

꧁৩꧂

रामवतार जी वरमाला का मुहूर्त निकट आ रहा है ,वर - वधु पक्ष दोनों जोड़ों को स्टेज पर लाएं". दोनों पक्ष के पंडित हवन सामग्री को मंडप में सजाने में व्यस्त थे ।

"जी पंडित जी "-रामवतार जी ने मुस्कुराते हुए हामी भरी और स्नेहा के साथ हेमलता के कक्ष की ओर बढ़े । स्टेज के चारों तरफ फोटोग्राफर ,रिश्तेदार पंडित जी, उबाई लेते हुए बैठे थे। मम्मियां छोटे बच्चों को गोद में सुला रही थी ,सालियां हंसी ठिठोली करते हुए जूतेचोरी करने की

मंत्रणा कर रही थी । जिम्मेदार युवाओं की शराब चढ़कर नींद को गले लगा रही थी, अधेड़ उम्र के फूफा व जीजा संस्कार हेतु अपनी बाट जोह रहे थे कि कब संस्कार पूरा हो और कब सोने जाएं । वैसे भी हर शादी के साथ उन्हें उनकी इज्जत कम होती नजर आती है।

तभी हेमलता अपने पिता के साथ ,बहनों व सखियों के साथ स्टेज हॉल में प्रवेश करती है । मध्य में कालीन पर चलते हुए मधुर संगीत बज रहा था । कालीन के दोनों और स्टेज के नीचे मेहमानों के लिए सोफ़े लगाए हुए थे । हेमलता ने हरा और मैरून रंग का शादी का परिधान पहना हुआ था। फोटोग्राफर फोटोस और वीडियो लेने में व्यस्त थे । स्टेज पर दूल्हे राजा निचली सीढ़ी पर सहारा देने हेतु हाथ आगे बढ़ाये पर हेमलता बिना सहारे लिए स्टेज पर आ जाती है ।दूल्हे का मुंह थोड़ा बिगडा जरूर । वह भीड़ में एक नजर घूमाता है कि यह हरकत किसी ने गौर तो नहीं की, पर शादी जैसे बड़े उत्सवों में छोटी सी छोटी बात भी नजर आ जाती है ताकि बाद में उस तथ्य पर कानाफूसी कर पाए ।

खैर दूल्हा मन मारकर हेमलता के बगल में बैठ जाता है फोटोग्राफर्स इस पल को सजोने के लिए दोनों को पास आने के लिए कहते हैं पर असहजता भरा माहौल सब महसूस कर रहे थे । वरपक्ष के लोग रामवतार जी को भस्म कर देने वाली दृष्टि से देख रहे थे। रामवतार जी स्थिति और ना खराब हो इसलिए खड़े होकर स्टेज पर जाने ही वाले थे कि नवीन पास में आया और बैठने के लिए कहा।

उपस्थित सब लोग माजरा समझने की कोशिश कर ही रहे थे कि आठ-दस लोग 29-30 साल के व्यक्ति झुंड में फिल्मी गानों पर नाचते हुए प्रवेश करते हैं । झुंड के मध्य में एक नवयुवक रंग गोरा ,पाश्चात्य सूट में नृत्य करता हुआ भीड़ को अनदेखा कर स्टेज की तरफ बढ़ता है ।

सभी लोग कुछ टूटा फूटा समझ तो रहे थे पर युवा लोग जो सोशियल मीडिया से वाकिफ़ थे, इधर-उधर कैमरे को देख रहे थे कि कहीं कोई प्रैंक (मजाक) तो नहीं हो रहा है ,तभी सभी नवयुवकों ने सूट में स्थित गोरे छैल -छबीले युवक को कंधे पर बिठाकर स्टेज पर चढ़ा दिया और सब ने एक ईश्वर में कहा,“ नमस्ते भाभी जी ! ”
भीड़ को तो जैसे सांप सूंघ गया । पीछे की कतार में नींद लेते लोग

उछलकर सीट पर बैठकर माजरा देखने लगे, महिलाएं खुले मुंह को बंद करने की नाकाम कोशिश कर रही थी । नव युगल जोड़े असंभावित प्रतिक्रिया दे रहे थे ।

"...यह क्या है रामवतार जी?... क्या मजाक लगा रखा है ..."-दूल्हे के पिता ने तमतमाते हुए कहा ।

रामवतार जी भी कुछ समझ नहीं पा रहे थे ,"समधी जी !आप गुस्सा मत करो ...शांत रहिए.. मैं देखता हूं ..."

इतने में ही वर पक्ष के दूसरे महाशय खड़े होकर धमकी देते हैं," क्या नौटंकी लगा रखी है? कौन है आप लोग ?बेज्जती करवाने के लिए बुलाया है क्या?" नवयुवकों के झुंड में से एक समझदार व्यक्ति उनके पास जाकर कहते हैं," अंकल जी ! धैर्य रखिए ,सब ठीक है ।गुस्सा हमें भी करना आता है ।" इतने में रामवतार जी ने मोर्चा संभाला," अरे भैया! देखिए आप गलत जगह आ गए हैं। गलतफहमी हुई है आपको। आपका विवाह स्थल कोई दूसरे स्थान पर है ।"

" नमस्ते अंकल जी !"-नवयुवक धीरेंद्र शर्मा पैर छूने के लिए आगे बढ़ता है तब तक वर- वधू पक्ष में दो-तीन लोग भीड़ में अकस्मात उछलकर उसकी कॉलर खींच लेते हैं । धक्का मुक्की शुरू हो जाती है । लात घुसे चलने ही वाले होते हैं इतने में हेमलता की शेरनी जैसी दहाड़ से सबका ध्यान टूटता है, "रुकिए सब , पापा जी ! आप भी रुकिए, यह मेरे दोस्त हैं ,धीरेंद्र शर्मा । मैंने बुलाया है ,शादी करने के लिए ।"

सुनते ही रामवतार जी के लिए पल भर में जमीन फट सी गई थी ,समय मानो रुक गया था ,उन्हें हृदय की तीव्र स्पंदन स्पष्ट सुनाई दे रही थी । एक ही पल में हेमलता की स्मृति जन्म से अब तक चक्रित रूप से घूमने लगी । लग रहा था मानो सब खत्म हो जाएगा ,नवीन गिरते हुए पिताजी को संभालता है और हवा करते हुए पानी देता है । नवंबर की सर्द रात में भी रामवतार के कपड़े पसीने से तर-बतर हो रहे थे ।

जिन संस्कारों पर वे सीना चौड़ा कर घर विदेश में अपनी पुत्री के कसीदे पढ़ते थे । वह इतना अन्याय कैसे कर सकती है। हेमलता - प्लीज पिताजी !और यहां मौजूद सभी अतिथिगण जाने से पहले मेरी मजबूरी सुन ले ।आपका जानना जरूरी है आप ही तो समाज हो ।प्लीज 2 मिनट

शांति से बैठे रहिए ।

वह नवीन को अपना फोन देती है और इशारा करती है ।नवीन भागते हुए फोन को बड़ी स्क्रीन पर कनेक्ट कर एक वीडियो प्ले करता है

"मेरी बेटी की जिंदगी का सवाल है खुशवंत जी। आप भी एक पिता हैं। बारात द्वार पर है...."- रामावतार जी ने अपना साफा उतार कर पैरों में रख दिया। इतने में ही दूल्हे राजा रूम में अकस्मात प्रवेश करते हैं । जो यह माजरा देखकर चौंक जाते हैं," पापा ! क्या नाटक लगा रखा है "-रामवतार जी को खड़ा करते हुए कहते हैं ।

" पापा ! यह आप क्या कर रहे हैं ?"

" बेटा जी अपने पिता जी को समझाइए । 10-12 लाख रुपए कम पड़ रहे हैं तो कह रहे हैं रिश्ता नहीं होगा । बारात वापस ले जाने की बात कर रहे हैं।"- रामवतार जी को एक आश लगी, मन में सोचा । अच्छा हुआ दामाद जी आ गए।

" पापा !क्या फिजूल बातें कर रहे हो पापाजी दे देंगे ना, बाद में है ना ? "-रजामंदी में पूछा ।

"हाँ-हाँ बेटा ,अगले 10 दिनों के अंदर इंतजाम हो जाएगा ।"

"बेटा क्या ही पता ? मना कर दें तो , मुकर जाए तो ?"

"पापा जी !चलिए एक काम कीजिए । एक वीडियो बना लें और तीन-चार बुजुर्ग लोगों को भी बुला लें,साक्षी के रूप में , जिससे सबूत भी रहेगा । है ना पापाजी ! ठीक है ना ?"-रामवतार जी अचंभित थे, अंदर से भयभीत थी। पता नहीं किस नरक में ,मैं मेरी बेटी को भेज रहा हूं । "

वीडियो आगे चलता है जिसमें राम अवतार जी पैसे लौटाने का वायदा करते हैं । वीडियो खत्म हो जाती है। एक सन्नाटा पूरे हॉल में बरप जाता है । घ्रणित व क्रोधित नजरों से न केवल वधू पक्ष के लोग वरन वरपक्ष के सभी संबंधी भी घूरते हुए ,अभिशाप देते हुए नजर आते हैं । महिलाएं नथुने फैलाकर तड़ित दृष्टि से दूल्हे को व उसके पिता को घूरती हैं ,जैसे अभी सबको भस्म कर देंगे ।

एक वृद्ध महिला आगे आती है और स्टेज पर चढ़कर धीरेंद्र के पास जाकर हेमलता के हाथ में उसका हाथ दे देती है । दोनों को आशीर्वाद देती है ।

रामवतार जी सोफे पर बैठकर बच्चे जैसे हिचकियों से सिसकने लगते हैं । स्नेहा के कंधे से साल को खींचकर उसी में मुँह छिपाकर सुबकने लगते हैं । दूल्हे व वरपक्ष को कुछ समझ नहीं आ रहा था कि इस समय क्या प्रतिक्रिया दी जाए । वर पक्ष के लोग एक-एक कर गर्दन नीचे कर निकलने लगे गए।

हेमलता स्टेज से नीचे उतरकर पिताजी के पैरों में पड़ जाती है और रोते हुए कहती है," पिताजी मुझे माफ कर देना । जो लोग आपकी इज़्ज़त नही कर सकते ,मैं कैसे उनकी इज़्ज़त कर पाऊँगी । " स्नेहा उसे उठाकर अपने सीने से लगा लेती हैं ।

एक महिला बरसती है ,"इन जैसे लोगों की वजह से कन्या की भ्रूण में ही हत्या हो जाती हैं। ये लोग समाज के कलंक है ,....कोई पुलिस को फोन करो.... इन्हें जब तक सजा नहीं मिलेगी तब तक समाज बहरा बना रहेगा । " समधि और बिचौलिया रामवतार जी और उनके पूरे परिवार से माफी मांगते हैं ,शादी करने की मन्नतें करते हैं पर सबको उनका असली रंग समझ आ गया था ।

हेमलता अपने सहकर्मी और दोस्त धीरेंद्र शर्मा से उसी मंडप व विवाह स्थल में शादी करती है जहां उसने मेहंदी के रंग किसी और के लिए रचाये थे ।

यह नसीब भी असंभावित है । हम कितनी भी स्वप्न सजाये, नियति से भाग नहीं सकते हैं खैर प्रभु की बुराई में भी भलाई छुपी होती है ।। राम अवतार जी को यह कुछ महीने बीत जाने के बाद में महसूस हुआ । समय हर घाव को भर देता है । धीरे-धीरे समय बीत जाने के बाद में उन्हें महसूस होने लगा कि उनकी बच्ची वही संस्कारवान है,जो पहले थी। उसने जो किया वो परवरिश और संस्कार मैंने ही तो सिखाये हैं। वह ज्यादा दिन तक हेमलता से नाराज नहीं रह पाए । आधुनिकता व अनुभव की कसौटी का अनुभव हमेशा मीठा रहे ,ये तो उचित नहीं है । वो हेमलता को वापस मिलने जाते हैं।

❧

" हेमलता सुनती हो ! पिताजी आए हैं ." चहकते हुए धीरेंद्र ने कहा ।
"पिताजी बैठिए.मैं पानी लेके आता हूं।" खुले आंगन में बड़ा सा चौक था जिसके मध्य में घर जैसा ही एक तुलसी का पौधा था जो शाखाएं फैलाकर अपने लालन-पालन की गाथाएँ था रहा था और गाये भी क्यों नहीं तुलसी जो इस आंगन को मिल गई है। रामावतार जी प्रश्न मुद्रा में तुलसी के पौधे को निहारते हुए भाग कर आती हुई हेमलता को देखते हैं और मुस्कुराते हैं ।

प्रिय पाठकों,

सबसे पहले, मैं आप सभी का दिल से धन्यवाद करना चाहता हूँ कि आपने मेरी किताब "गुनहगार एवं अन्य कहानियां" को समय देकर पढ़ा। यह यात्रा केवल मेरी नहीं थी, बल्कि आप सबके साथ साझा की गई भावनाओं, विचारों और अनुभवों की भी थी।

आपका समर्थन, प्यार और धैर्य ही मुझे प्रेरणा देता है कि मैं अपनी लेखनी को और निखार सकूँ और ऐसी कहानियाँ आपके सामने ला सकूँ, जो दिल को छू जाएँ। अगर मेरी यह कहानी आपके दिल को छू सकी या सोचने पर मजबूर कर सकी, तो मेरा प्रयास सफल हुआ।

आपकी प्रतिक्रियाएँ और विचार मेरे लिए अनमोल हैं। कृपया मुझे अपनी राय ज़रूर बताइए, ताकि मैं आने वाले समय में और बेहतर लिख सकूँ।

धन्यवाद एक बार फिर,
आपके विश्वास और समय के लिए।

सादर,
[haimraj singh]